KB080355

초빼이의 노포일기 경인편

일러두기
- '초빼이'는 '술을 좋아하고 많이 마시는 사람'을 뜻하는 경상도 사투리입니다.
- 본문에 나오는 음식과 식당 명칭은 평소에 부르는 관행적인 표기를 따른 것도 있습니다.
- 이 책에 실린 음식점과 음식에 대한 감상, 평가는 지은이의 개인적인 관점과 미각으로
  작성한 것이니 이 점 참고해 주시면 감사하겠습니다.
- 소개한 음식점과 음식은 2024년 6월 1일 기준입니다. 음식점의 위치와 메뉴, 가격 등에
  변동이 있을 수 있습니다.

초빼이의 노포일기

시간과 추억이 쌓인 노포 탐방기

경인편

김종현 지음

인생을 즐기는 가장 좋은 방법은 맛있는 음식을 먹는 것!
인생은 짧고 우리가 가야 할 식당은 많습니다.

ALONE
BOOK

프롤로그

'꾸준하게, 묵묵하게 그리고 고집스럽게'

'노포老鋪'라는 단어를 처음으로 인지하게 된 것은 1998년 중국 출장에서였습니다. 천진天津과 북경北京을 도는 일정 중 접했던 100년이 넘는 역사를 가진 만두집(천진 구부리)과 객잔, 그리고 오리 요리집(전취덕)은 그야말로 신세계였습니다. 몇 년 후 찾았던 도쿄(간다 야부소바)와 교토, 오사카의 노포에서는 그 감동이 더욱 컸습니다.

그즈음부터 우리의 노포에 관심을 가지게 됐습니다. 물론 이전에 방문했던 곳들 중에서도 노포들이 있었지만, 새로운 시각으로 다시 바라보니 그동안 미처 알지 못했던 점들이 보이기 시작했습니다. 때마침 우리나라에서도 2018년부터 '소상공인시장진흥공단' 주관으로 '백년가게'라는 노포에 대한 지원책이 시작됐습니다. 개업 후 30년 이상 운영된 업체 중 '백년 가게'(한국의 노포)를 선정하고 지원하기 시작한 것입니다. 하지만 갈 길이 요원해 보였던 것은 사실이었습니다. 백년가게로 지정된 업체들에 대한 정보에만 국한될 뿐이었지 노포의 현황에 대한 정확한 파악과 조사는 이뤄지지 않고 있었습니다.

'초빼이'라는 생소한 이름으로 우리나라의 노포들을 찾아다니며 기록하기 시작한 것은 저라도 이런 조사를 해보자는 다소 무모한 생각에서였습니다. 객관적인 관점으로서의 기록과 연구는 국가나 지자체, 전문 연구자의 몫으로 돌리고, 저는 저만의 개인적인 관점에서 노포의 모습과 인상 그리고 음식에 대한 감상을 적어나가기로 했습니다. 그리고 2022년 4월 20일, '초빼이의 노포일기'를 다음의 '브런치 스토리'라는 사이트에 처음으로 연재하기 시작했습니다. 첫 글을 올리면서 마음에 담은 생각이 '밑져야 본전'이었습니다. 큰 의미는 두지 말자, 묵묵히 자기 길을 걸어온 노포처럼 나 역시 묵묵히 다니고, 먹고, 기록하는 행위에 집중하자고 다짐했습니다.

게으름과 친구처럼 친하고, 나태함이 신체의 일부처럼 자리 잡은 사람이라 매주 한 편의 글을 쓰고, 그것을 사람들 앞에 내놓는 것 자체가 큰 도전이었습니다. 그런데 열 편의 글이 쌓이고, 그것이 스무 편이 되고, 쉰 편을 넘어섰을 때, 조금은 놀라운 일이 눈앞에서 벌어졌습니다. 인천의 오래된 백반집에 관해 썼던 글이 다음의 '여행 맛집 섹션'에 처음으로 오르게 됐습니다. 이후 거의 매주 다음(Daum)의 포털과 모바일에 '초뻬이의 노포일기'가 실렸습니다. 2022년 8월에 올린 전남 담양의 고깃집 편은 무려 4만 명이 넘는 분들이 읽어주셨고, 을지로의 노포 우동집에 관한 글은 2만여 명이 공감해 주셨습니다. 어느새 '초뻬이의 노포일기'를 찾아주신 분들이 43만 명을 훌쩍 넘어 버렸습니다. 지방 소도시의 시민 전부가 초뻬이의 노포일기를 읽어주신 셈이죠.

그러다 보니 책을 내고 싶다는 작은 욕심도 생겼습니다. 어차피 '밑져야 본전'이었으니까요. 그때 '얼론북'의 최갑수 대표님께서 손을 내밀어 주셨습니다. 공덕역 뒷골목의 노포에서 소주를 마시며 "혹시 초빼이의 노포일기를 책으로 낼 생각이 없냐"라고 제안해 주셨고, 저는 흔쾌히 그 자리에서 계약서를 썼습니다. 혼자만을 위한 글쓰기는 많은 사람이 읽을 수 있는 책쓰기가 되었고, 이렇게 디지털 세상을 벗어나 현실 세계로 나오게 되었습니다.

'작가'라는 호칭에 아직도 닭살이 돋는, 저의 첫 책에 멋진 추천사를 선물해 주신 최자 님과 정호영 셰프님께 먼저 감사 인사를 드립니다. '경인 편'에 소개한 서울의 노포 중 절반 이상을 함께 동행한 옛 직장 동료 황호연 팀장님과 대학원 후배이자 작가인 정성진 님께도 감사의 마음을 전합니다. 부족한 글이지만 매번 찾아주시고 댓글로 격려해 주신 브런치 스토리 맛집 분야 크리에이터 김고로 님과 거의 매주 제 글을 픽업해 주신 다음의 관계자 여러분께도 깊은 감사의 말씀 드립니다. 전라도 나주에서 경상도 창원으로 시집가 20년 넘게 음식의 참맛을 알려주신 마산에 계신 제 어머니, 그리고 작

년 한 해 병환으로 고생하시면서도 제 건강을 더 신경 써 주신 장모님께도 깊은 감사의 말씀을 드리며 건강도 함께 기원합니다. 2010년 6월 1일 필동면옥 1층 8번 테이블에서 냉면에 소주를 마시며 첫 인연의 끈을 맺은 후, 지금까지 무뚝뚝한 경상도 남자와 '살아보는 모험'을 진행 중인 전윤희 님께도 깊은 감사의 말씀 전합니다.

노포는 말 그대로 오래된 가게입니다. 아주 오랫동안 같은 자리를 지키며, 사람들과 소통하고, 지역 사회와 유기적인 관계를 맺으며 대를 이어 성장해 온 곳입니다. 노포는 그 자체가 문화상품이 되어 많은 관광객을 끌어들이며 상권을 활성화합니다. 노포가 활성화되면 그 노포가 속한 골목과 주변의 상권도 함께 살아나고 고용을 창출합니다. 노포는 다양한 세대가 함께 찾고, 소통하며, 세대 간의 격차를 줄이는 사회적 통합의 장소가 되기도 합니다.

우리에겐 이토록 멋진 노포가 많습니다. '경인 편'과 '지역 편'에 실린 70여 편의 글로 소개하기엔 턱없이 부족합니다. 어려운 첫걸음을 내디뎠지만, 앞으로 더 멀리 나갈 수 있는 내일이 생겼습니다. 초빼이의 노포일기도 노포처럼 꾸준하게, 묵묵하게 그리고 고집스럽게 걸어가겠습니다. 감사합니다.

2024년 여름
초빼이 김종현 올림

목 차

프롤로그

강력하고 화려한 오미의 조화, 오향장육의 진수
서울 영등포 대문점

이북식 찜닭과 막국수, 이북 음식의 정수를 맛보다
서울 약수동 처가집

깊은 매운맛과 은은한 불향이 만들어낸 한국식 닭꼬치
서울 중림동 호수집

탕·국밥

야성적인 느낌이 살아 있는 63년 업력의 내장곰탕
서울 공덕동 원조신촌설렁탕

직장인의 지친 영혼을 어루만지는 따뜻한 북엇국 한 그릇
서울 다동 무교동북어국집

마그마처럼 벌겋게 끓어오르는 진득한 감자탕 한 그릇
서울 퇴계로 동원집

보글보글 끓는 생태탕 앞, 새록새록 추억도 솟아나고
서울 광화문 안성또순이

회 · 해산물 등

경상도식 막장에 찍어 먹는 감성돔회 한 점
서울 종로3가 갯마을 횟집

알배기 도루묵구이 한 점에 히레 정종 한잔
서울 을지로 을지오뎅

주당 아새들의 싱지이자 샐러리맨들의 만찬집
서울 낙원동 호반

백반 · 면 · 만두 등

모처럼 좋은 밥 한 끼 먹었다
서울 등촌동 의성식당

담백한 닭국물과 특제소스가 어우러진 백숙 백반
서울 충무로 사랑방칼국수

정종 한 잔과 우동 한 그릇으로 해결하는 낮술과 끼니
서울 충무로 동경우동

고고한 육수와 비단 같은 면발, 고춧가루라는 화룡점정
서울 충무로 필동면옥

동치미 국물이 메밀향 가득한 면을 만났을 때
서울 방화동 고성막국수

메마른 일상을 적셔주는 시원한 김치말이 국수
서울 무교동 이북만두

하루 휴가를 내고서라도 찾아야 하는 칼국숫집의 전설
서울 명륜동 명륜손칼국수

진득하면서도 깊은 육수, 우리나라 최고의 닭 칼국수
서울 여의도 진주집

진한 고기 국물과 알찬 만두 몇 알, 진심 어린 만둣국 한 그릇
서울 광화문 평안도 만두집

안동식 건진국수와 배추전으로 차리는 최고의 시장 음식
서울 경동시장 안동집 손칼국시

인천

대를 이어 최고급 갈비만을 제공하는 정통 생갈빗집
인천 간석동 부암갈비

제주산 돼지와 연탄불이 만들어 내는 기막힌 케미스트리
인천 구월동 돈불1971

신선한 순대와 머리 고기가 가득한 토렴식 순대국밥
인천 도원동 이화찹쌀순대

인천 스타일 평양냉면의 정수를 맛보다
인천 내동 경인면옥

제대로 된 자춘권을 맛볼 수 있는 화상 중국집
인천 신생동 신성루

58년 동안 한 자리를 지켜온 인천 최고의 해장국집
인천 송림동 해장국집

석유곤로로 오래도록 뭉근하게 끓여 내는 김치찌개
인천 신포동 명월집

서울 삼각지

평양집

융단처럼 부드러운 뽀얀 국물의 내장곰탕
잘 익은 깍두기 한 점과 함께 빚어내는 극상의 맛
고소한 맛으로 가득한 최고 수준의 차돌박이!

주소	서울 용산구 한강대로 186
전화번호	02-793-6866

설렁탕인 듯 설렁탕이 아닌 듯, 평양집이 아니면 절대 맛볼 수 없는 대한민국 최고의 내장 곰탕. 그리고 잡내 하나 없이 신선한 최고 수준의 차돌박이! 가장 중요한 건 역시 기본이라는 것을 새삼 일깨워 주는 집.

소고기는 남이 사주는 것이 가장 맛있고, 고기는 남이 구워주는 고기가 가장 맛있다는 말이 있다. 오늘은 남이 '사주고 구워주는' 소고기를 먹으며 행복한 시간을 보냈다. 서해안 낙도 인천 송도에 사는 덕분에 서울에 한 번 나오려면 보통 2시간 정도의 시간이 소요된다. 그래서 여행을 떠나는 기분으로 집을 나설 때가 많다. 가끔은 차를 몰고 상경할 때도 있는데, 그때마다 강남순환도로를 타고 한강대교를 건너는 코스를 이용한다. 한강대교를 건너 삼각지역을 지날 때마다 '아, 저 집에 가야 하는데'라며 마음속 도장을 꾹 눌러 찍어둔 집이 있는데 그 집이 바로 '평양집'이다.

평양집 간판은 휘황찬란한 네온이나 색색의 간판이 아닌, 파란색 바탕에 컴퓨터 프린팅으로 정갈하게 쓰여 있다. 상호와 주요 메뉴들이 한글과 한자, 그리고 일본어로 적혀있는 간판은 광고회사에서 근무했던 경험이 있는 전직 마케터의 관점에서 보자면, 한 번에 너무 많은 것을 보여주려 한다는 핀잔을 듣기 딱 좋다. 그런데 또 역으로 생각해 보자면 주력 메뉴와 상호를 외부 사인물에 모두 드러내면서 이 집을 찾는 이들에게 상품이 무엇인지를 명확하면서도 직관적으로 보여주는 효과도 있다.

오전 일찍 집을 나서서 10시 50분경 평양집에 도착했다. 이미 혼자 온 손님 두 분이 식사를 하고 있는 중이다. 자리를 잡자마자 오늘은 어떤 게 좋은지 사장님께 여쭤본다. 사장님의 추천은 차돌박이와 양, 그리고 사태살이다. 어차피 이날은 마눌님의 하해와 같은 은총을 받기 위해 함께 방문한 날이라 각각 1인분씩 주문했다. 어제 심하게 달렸던 탓에 오전이 지나도록 정신을 차리지 못하고 있어 해장용 내장곰탕도 함께 주문했다.

내장곰탕이 먼저 나왔다. 이 집을 유명하게 만든 시그니처 메뉴다. 뚝배기에 담긴 뽀얀 국물이 진한 설렁탕을 떠올리게 하지만, 설렁탕 특유의 냄새가 아닌 굉장히 맑고 고소한 향을 피워올린다. 국물 아래로 보이는 소 내장들이 자체적으로 빛을 내는 듯 굉장히 신선해 보인다. 호기심이 기대감으로 바뀌는 시간, 수저를 들어 국물 한 숟갈을 떠 입으로 넣는다. '아!'라는 감탄사가 조건반사적으로 나오는 그런 맛이다.

서울에 내로라하는 국밥집이 많이 있지만, 이 정도의 퀄리티를 보여주는 국밥집이 또 많지는 않다. 이 집의 내장곰탕은 일반적인 수준을 넘어 저 혼자 유아독존하는 경지에 이르렀다는 느낌이 들 정도다. 한 숟가락 떠먹으니 융단처럼 부드럽고 고급스러운 연주를 선보이는 시카고 심포니와 드레스덴 슈타츠카펠레의 벨벳 사운드가 떠 오른다. 내장곰탕 국물 한 숟가락에 한 시대를 휘어잡던 오케스트라들의 현악 소리를 떠올리다니 어제 마신 술이 덜 깬 듯하다. 좀처럼 국물 음식을 좋아하지 않는 마눌님도 "이 집 너무 맛있다"라며 뚝배기를 들고 놓지 않는다. 이럴 거면 두 그릇을 시킬 걸.

함께 나온 잘 익은 깍두기 한 점을 집어 먹으니 그렇게 잘 어울리는 조합이 또 없다. 역시 기본이 가장 중요하다는 생각이 든다. 이런 느낌은 몇 년 전 나주 '나주곰탕하얀집'의 나주곰탕을 맛본 이후 오랜만이다. 사실 해장이 아니었다면, 다대기를 풀지 않았을 텐데 칼칼한 국물의 해장이 필요했던지라 몇 숟가락 먹어보고 바로 다대기를 풀었다. 국물 맛을 제대로 느끼길 원한다면 주문 시 다대기를 빼달라고 이야기하면 된다.

고기 준비에 약간 시간이 걸린다고 하시더니 곰탕 그릇을 반쯤 비우고 있는데 주문한 고기들이 모두 나왔다. 우선 차돌박이부터 불판에 올리기 시작한다. 두꺼운 판 위에 올려진 차돌이 금세 모습을 바꾸기 시작한다. 고소한 향이 연기 속에서 함께 피어오르기 시작하면 재빨리 한 점을 집어 입에 넣는다. 사실 나는 소고기를 그리 즐기는 편이 아니다. 소고기에서는 특유의 (피)냄새가 난다고 느끼기 때문이다. 그런데 이 집은 그런 냄새가 전혀 없어 소고기를 파는 집이라 생각하지도 못할 정도다.

약 1.2~1.4밀리미터 두께로 슬라이스 한 차돌박이는 너무나 신선하고 고소했다. 지금까지 내가 먹어왔던 차돌박이를 모두 부정하고 싶은 마음이 절로 들 정도였다. 고기를 오랫동안 보관했을 때 나는 특유의 잡내도 전혀 느낄 수도 없었다. 너무나 허겁지겁 먹다 보니 옆에 쌓여 있는 빈 접시를 보고서야 나온 음식을 다 먹어버린 것을 알게 됐다.

이런 집에 올 때마다 진정한 강자는 '기본에 충실하다'라는 것을 새삼 느낀다. 화려한 꾸밈새나 다양한 변주가 없어도, 기본에 충실하고 그 기본을 더 강하게 만든다면 어떤 것도 두려워하지 않아도 된다는 것이다. 그러고 보니 이 집에서 내는 찬들도 간단하고 조촐하다. 하지만 누구 하나 여기에 시비를 걸지 않는다.

노포에서만 얻을 수 있는 이런 인사이트insight는 노포를 찾는 또 다른 즐거움이다. 겉모습이 허름하고 오래되어 보여도 좋은 음식을 낸다면 사람들은 찾아온다. 무려 왕복 세 시간이

넘는 거리를 오직 이 집의 음식을 맛보고자 찾는 나와 같은
사람도 있다.

평양집은 1973년에 문을 열어 오늘까지 영업을 이어오고
있다. 가격이 조금 높은 편이라 젊은 고객들보다는 여유 있어
보이는 중장년층 고객들이 더 많다. 그럼에도 불구하고 누군
가에게 특별한 날, 특별한 사람들과 좋은 음식을 나누고 싶다
면 꼭 한 번쯤 찾아보기를 권한다.

서울 충무로

통일집

노포로 향하는 비상구 을지로 철공소 골목
활활 타오르는 숯불 위
굵은 석쇠로 타투를 한 최고급 한우 등심

주소	서울 중구 마른내로4길 31-3
전화번호	0507-1467-0833

🍴 을지로 뒷골목, 특별 제작한 굵은 석쇠 위에서 굽는 암소 등심 한 점의 행복을 느껴보시길. 청양고추 툭툭 분질러 넣어 취향대로 제조해 먹는 된장 술밥도 별미 중의 별미. 이 한 그릇이면 술자리는 처음부터 다시 시작한다!

"빨간 꽃 노란 꽃 꽃밭 가득 피어도 / 하얀 나비 꽃나비 담장 위에 날아도 / 따스한 봄바람이 불고 또 불어도 / 미싱 은 잘도 도네 돌아가네"(노래를 찾는 사람들, 〈사계〉 중에서)

내가 대학에 다니던 시절에는 대학생들의 '가투'(가두 투쟁) 가 많았다. 학교에서 민중가요를 듣는 것이 전혀 이상하지 않 았던 때이기도 했다. 민중가요를 부르던 사람들이 결성한 대학 생 연합 노래패인 '노래를 찾는 사람들'의 2집 음반에 실린 이 곡은 당시 대학에 갓 입학한 내게도 묘한 기분을 안겨주었다.

이상하게도 나는 '통일집' 골목에 올 때마다 〈사계〉라는 곡 을 자주 흥얼거리게 된다. 노동자들의 인권과 행복은 말도 꺼 내지도 못하던 시절, 야근과 철야를 밥 먹듯이 하던 이들을 위한 노래가 바로 이 곡이다. 아무래도 이곳에 자리한 프레스 공장과 철공소를 보니 조건반사적으로 나오는 것이 아닌가 싶다.

통일집이 있는 이 골목은 철공소 골목이자, '노포로 향하는 비상구'이기도 하다. 이 골목에 접어들면 예전의 '갯마을 횟집'에 닿을 수도 있었고, 조금 더 발걸음을 옮기면 갑오징어 숙회가 유명했던 '유진식당'이나 돼지갈비가 좋았던 '안성집'에도 발을 댈 수 있었다.

오후 5시에 조금 못 미친 시간, 가게 앞에서 한참 겉절이 재료를 다듬던 사장님을 지나 가게로 들어갔다. 바로 옆 프레스 공장에서 기계 돌아가는 소리가 규칙적으로 들려온다. 메트로놈처럼 정확한 템포로 돌아가는 소리는 나름 리듬이 있다.

을지로의 어지간한 노포들이 그러하듯, 통일집 역시 오래되고 허름한 건물 한편을 세내어 자리 잡고 있다. 이 집은 한우 등심을 전문으로 하는 고깃집이다. 안주로 내놓는 된장찌개가 기가 막히게 훌륭한 집이기도 하다. 한때는 굉장히 좋은 가격으로 한우 등심을 먹을 수 있었던 가성비 좋은 집이었지만 요즘은 소고기 값 제값에 받는 수준이랄까.

한우 등심을 주문하면 양질의 숯이 테이블 한가운데 올려진다. 오랜만에 보는 좋은 숯이다. 활활 타오르는 숯불 위로 두텁고 굵은 옛날식 석쇠가 올라가는데, 마치 바로 옆 공장에서 특별히 제작한 것 같다. 한편엔 마늘 종지도 함께 오르며 본격적인 레이스가 시작된다. 고기구이에 곁들일 간단한 찬

거리를 내주시는데 그중 상추 겉절이는 그냥 먹어도 맛있고 쌈에 함께 올려도 합이 좋다.

이윽고 먹기 좋은 크기로 자른 등심 접시가 테이블에 오르는데, 고기 상태만 봐도 오늘은 정말 좋은 고기를 먹을 수 있겠구나 하는 기대감이 든다. 활활 타오르는 숯불, 굵은 철사로 만든 석쇠, 먹음직한 등심, 이 세 가지가 어우러져 빚어내는 비주얼만으로도 벌써 게임 종료다. 함께 온 사람들은 침 삼키기에 바쁘다.

평소 소고기는 소 특유의 비린내 때문에 그리 즐기는 편은 아니지만, 이 집의 한우 등심만큼은 예외로 한 게 오래 전이다. 고기 몇 점을 잘 달구어진 석쇠에 올리면 '치 – 이익'하는 소리를 내며 연기가 피어오른다. 고기 한 점 익는 시간이, 게다가 소고기가 익는 시간이 얼마나 되겠냐만 그 짧은 시간도 내게는 극한의 인내가 필요하다.

웨이팅 시간을 피하기 위해 허겁지겁 달려온 저질스런 몸뚱아리의 열기를 식히고자 첫 잔은 소주와 맥주를 아재 스타일로 말아서 입안으로 털어 넣는다. 목구멍을 타고 찌르르 넘어가는 소맥 한 잔에 식도를 막고 있던 무언가가 시원하게 뚫리는 느낌이다. 이젠 워밍업도 마무리. 공손하게 젓가락을 들어, 딱 먹기 좋은 상태로 익은 고기를 한 점 집어 올리면 고기 표면에 선명하게 각인된 '석쇠 타투'가 고기를 더욱 먹음직스럽게 보이게 한다.

첫 조각은 깔끔하게 소금에 찍어 한 입. 혓바닥 위에서 소금 결정과 고기의 육즙이 서로 뒤엉키며 나 같은 문과생들은 절대로 설명할 수 없는 케미스트리가 일어난다. 그리고 이 화학반응을 더욱 가열차게 만들기 위해 촉매제로 약간의 알코올을 주입하면 효과는 100퍼센트.

이 집의 고기는 오래도록 함께 한 술친구들과 한잔하기 위해 업무 일정을 조정하고 연차를 쓸 만큼 가치가 있다. 보통 이 집은 1차에서 주로 찾는데, 계산을 마치고 일어서면 몸 중심을 잃기 일쑤다. 그만큼 알코올을 흡입하도록 만드는 곳이라는 얘기다.

고기가 조금 질리기 시작할 때 이 집의 또 다른 시그니처인 된장찌개를 주문한다. 몇 점 남아있는 고기를 한 편으로 밀고 커다란 된장찌개 냄비를 석쇠 위에 올린다. 취향에 따라 조제를 하면 되는데, 나는 매운 고추를 잘게 잘라 넣고 공깃밥 한두 개 정도를 말아 '된장 술밥'을 만들어 먹는다. 찌개에 넣고 잘 섞이게 풀어준 후 한소끔 끓이면 밥 속의 전분이 된장찌개에 섞이며 걸쭉하면서도 든든한 국물 안주로 재탄생한다. 된장 술밥이 완성되면 술자리는 처음부터 다시 시작. 냄비 바닥이 보일 때까지 소주는 계속 들어간다. 아참, 술을 마실 땐 점심 메뉴로 나오는 된장찌개가 아니라 안주용 된장찌개를 주문해야 한다.

    이미 2차는 길 건너편의 '을지OB베어'로 정해 놓은 상태. 통일집에서 고기를 먹고 을지OB베어에서 노가리에 시원한 생맥주 한잔을 하는 코스는 내겐 '국룰'이다. 저녁 무렵 밤바람이 선선해지는 야장의 계절에는 운치가 더더욱 올라간다.

이 글을 쓰고 난 후 을지OB베어는 영업을 중단했고 통일집은 충무로로 이전했다. 통일집의 옛 모습과 기억을 간직하고자 썼다. 지금도 을지로의 노포들은 이전하거나 사라지는 중이다.

서울 충무로

진고개

아끼는 부사수를 데려가고 싶은 단골집
한약재와 간장을 넣어 정말 잘 삶은 갈비찜 정식
매콤달콤한 간장게장

| 주소 | 서울 중구 충무로 19-1 |
| 전화번호 | 02-2267-0955 |

젓가락으로 건드리기만 해도 스르륵 풀어지는 '저세상 텐션'의 갈비찜. 풍성하고 감칠맛 가득한 고기 육즙과 채소가 녹아내린 갈비찜 국물을 한 숟가락 떠 넣고 밥을 비벼보시길. 세심하면서도 친절한 서비스가 맛을 더욱 돋운다.

충무로는 남산의 북쪽을 동서로 가르는 길로, 넓게 보면 서울 중앙우체국에서 충무초등학교까지 이어진다. 요즘의 주소로는 충무로 1가에서 5가까지이며, 우리가 잘 아는 명동은 충무로 1~2가에 자리 잡고 있다.

충무로는 일제 강점기 이전 대한제국 시절부터 일본인들이 거주하기 시작했다. 일제 강점기 시절엔 경성부 본정(本町, 혼마치) 1정목(丁目, 초메)~5정목으로 지역명이 바뀌었다. '혼마치'는 '근본이 되는 땅'이라는 뜻으로 '일본인들의 조선 이주가 시작된 곳'이라는 의미가 숨겨져 있다. 일본인들이 많이 거주하다 보니 인근 회현동의 남산 중턱에는 조선 신사까지 세워지기도 했다.

이 지역은 우리나라의 역사적 관점에서 보자면 생인손(손가락에 난 아픈 상처)과 같은 지역이다. 그래서 해방 후 일본식 지명을 정리하며 일본인들의 기를 누른다는 의도로 충무공 이

순신 장군의 시호를 따 지명으로 삼았다('황금정'이라고 불리던 을
지로는 중국인 집단 거주지역이어서 을지문덕 장군의 성을 땄다).

충무로 이전의 명칭은 '진고개'다. 아주 오래전부터 충무
로 일대는 비가 오면 질어서 걸어 다니기 힘든 지역이었다.
특히 충무로2가(명동) 중국대사관 뒤편에서 세종호텔 뒤편까
지 이르는 길은 비가 오면 사람의 왕래가 끊어질 정도로 통행
이 불편해 '니현'(이현泥峴)이라 불리기까지 했다. '진고개'라는
말은 이 '니현'을 우리말로 표현한 것이다.

지하철 3, 4호선 충무로역 6번 출구를 나와 을지로 방향으
로 쭉 걸어 내려가다 보면 시간의 흔적이 눌어붙은 타일로 덮
인 건물과 마주치게 되는데, 1980년대식 네온사인으로 큼지
막하게 '불고기, 냉면 전문 진고개'라고 적힌 간판이 붙어 있
다. 이 건물을 보자마자 마치 1970~80년대로 되돌아온 것 같
은 느낌을 받는다. 주변의 높다란 빌딩과는 확연히 구분되는
이 나지막한 2층짜리 건물의 지붕은 그동안 버텨온 시간의
무게를 고스란히 이고 있다.

오늘 찾은 집은 '진고개'(본점). 십몇 년 만이다. 진고개 역
시 필동면옥과 마찬가지로 옛 광고회사의 사장님께서 처음
소개해 준 곳이다. 첫 방문은 회사 회식으로, 그 후로는 광고
회사의 고객들과 식사나 친한 후배들과 술자리로 찾았다. 이
곳을 생각하면 가장 먼저 기억나는 것이 '어색함'이다.

다른 가게들과 달리 진고개에서 홀서빙은 언제나 연세가 조금 있는 여성분들이 해 주신다. 지금은 간편한 붉은색 티셔 츠와 앞치마로 유니폼이 바뀌었지만, 몇 년 전까지만 해도 생활 한복이었다. 그 이전엔(첫 방문 때) 흰색 한복을 입은 아주머니들이 서빙해 주셨다. 그분들의 모습을 볼 때마다 시골에 계신 친척 어르신들 생각이 나 주문하는 것이 꽤 부담스러웠던 기억이 있다.

이번 방문은 옛 회사에서 같이 일하던 직원과 오랜만에 회포를 푸는 자리였다. 몇 달 전 만남 때 내 소개로 찾았던 집에서 꽤 큰 실망을 했다고 해서 미안한 마음에 다시 약속을 잡았다. 진고개는 한동안 발걸음을 하지 않았어도 희한하게 변치 않았을 거라는 확신 같은 것이 있었다.

약속 시간보다 조금 일찍 도착해 주변을 어슬렁거리다가 갑자기 차가워진 바람이 점점 매섭게 날을 벼리고 덤비기에 서둘러 이 집의 문을 열었다. 입구에는 패딩 조끼를 입은 사장님이 십몇 년 전과 다름없이 자리를 지키며 손님을 맞으셨다. 독특한 헤어 스타일과 옷매무새도 그대로였다.

재빨리 빨간 티셔츠를 입은 직원분이 다가오며 자리를 안내해 주신다. "아직 일행이 도착하지 않았는데 조금 있다 주문해도 될까요?"라고 물어보니 "편하게 기다리시라"라고 답하신다. 바로 옆 테이블의 단체 손님 테이블에서 끓어오르는 어복쟁반 냄새가 코끝을 강하게 자극한다. 생각해 보니 내가 어복쟁반을 처음으로 먹었던 곳도 이 집이었다.

어복쟁반 냄새를 참지 못하고 소주 한 병을 우선 주문했다. 직원분이 "날씨가 많이 추워요?"라고 물으신다. 의무감에서 나오는 것이 아닌, 손님의 입장에서 바라보고 묻는 이런 진심 어린 질문들이 참 좋다. 직원과 매장에 대한 신뢰가 솟아나는 순간이다.

잠시 후 그 직원분께서 소주 한 병과 따뜻한 갈비탕 국물, 그리고 말린 호박을 불려 기름에 살짝 볶은 슴슴한 나물 한 접시를 내주셨다. "추워하시는 것 같아 국물을 데우느라 조금 늦었다"라는 말씀에 몸과 마음이 스르륵 풀어진다. 십몇 년 만에 왔지만 여전히 '진고개가 진고개 했다.'

갈비탕 국물에 소주 한 잔. 말린 호박 한 젓가락에 소주 한 잔. 젓가락을 타고 올라오는 연한 호박 향이 참 좋다. 이미 소주 반병을 비워 버렸다.

일행이 도착할 시간에 맞춰 미리 주문했다. 진고개가 처음일 옛 동료를 위해 가장 기본이 되는 메뉴를 택했다. 마치 옛 광고회사의 사장님이 이 집을 처음 내게 알려주신 것처럼 옛 동료에게도 이 집에 대한 좋은 인상을 심어주고 싶었다. 오래전 옛 직장의 나이 많은 아저씨들이 자기만의 단골집을 부사수에게 소개해 주는 것과 같은 기분을 느꼈다.

일행에게 처음 소개해 줄 메뉴는 '갈비찜 정식'과 '게장 정식'. 오래전 이 집의 갈비찜을 맛보았을 때의 희열이 아직 내 가슴에 살아 있었고, 뻘건 고추장 게장의 그 매콤달콤함도 결코 잊을 수 없었다. 음식이 나오자마자 일행이 마침 도착했고, 나는 갈비찜 그릇을 동료의 앞으로 밀었다.

진고개의 갈비찜은 굉장히 맛있는 갈비찜이다. 어중간하게 색깔만 흉내 내고 달기만 한 갈비찜이 아니라 한약재를 넣고 오래 끓여, 소갈빗살이 건드리기만 해도 국수 타래처럼 스르륵 풀어질 정도로 잘 삶은 갈비찜이다. 마치 쌍화차를 연상케 하는 한약재의 향이 간장 양념에 잘 섞여 들어 있는데, 이 점이 굉장히 매력적이다. 십몇 년 전 이 집의 갈비찜을 처음 접했을 때, 내 인생에서 처음 맛보는 '어나더 레벨'의 갈비찜이라고 느꼈다. 솔직히 이 집 갈비찜을 맛보기 전까지는 갈비찜이라는 음식이 이처럼 고급스럽고 맛있는 음식인지 몰랐다. 심지어 꽤 손맛이 좋은 내 어머니가 해 주시던 갈비찜도 이 집 갈비찜 맛은 따를 수 없다고 생각했던 것 같다.

맛있는 갈비찜은 고기가 주연이 아니다. 고기의 육즙과 각종 채소들이 녹아있는 국물이 진정한 주인공이다. 갈비찜 그릇에서 국물을 떠 밥공기에 붓는다. 마치 상온에 내놓은 아이스크림처럼 국물이 스르륵 밥 사이로 스며든다. 그 위로 잔뜩 국물을 머금은 무 한 조각을 숟가락 등으로 슬쩍 으깨자 밥

알갱이 사이사이로 빈틈없이 녹아내린다. 한국의 밥상 씬에서 가장 고급스럽고 맛있는 한 술이다. 오직 진고개의 갈비찜 정식에서만 찾을 수 있는 맛이다. 앞자리에 앉은 일행의 숟가락은 이미 바빠졌다.

게장 한 조각을 들어 그 친구의 접시에 놓았다. 깻잎은 아니니 마눌님의 쓸데없는 의심은 사지 않아도 될 터. 게장 한 조각을 들어 입에 넣으면 싱싱한 게살이 혀 위로 자리를 옮기며 스르륵 녹아내린다. 랍스터니 킹크랩이니 하는 것들에서는 절대 느끼지 못하는, 우리나라 꽃게가 가진 특유의 향과 맛이다. 냄새만 맡아도 '어? 꽃게네?' 할 수 있는 그런 향. 진한 게살 향에 이어 잘 숙성된 고추장 양념의 맛이 훅 치고 올라온다. 새콤달콤함의 모든 조건을 가진 음식이다. '고추장게장' 또한 빼놓을 수 없는 이 집의 대표적 음식. 여전하다. 달라진 것이 없다. 다행이다.

먹는 속도와 함께 소주잔을 비우는 속도가 점점 빨라지기 시작한다. "이 집은 와이프랑 부모님 한번 모시고 오고 싶은데요?"라는 동행의 말 한마디에 안도의 한숨이 나온다. 생각해 보니 지난번 이 친구와 들렀던 집을 실패한 것도 내 잘못이 아닌데 왜 이리 안절부절못하는 것인지 모르겠다. 변해버린 한 노포의 모습에 내가 대죄를 지은 것 같은 느낌이 들었으니 말이다.

이런 걸 보면, 노포가 자신들의 초심과 각오를 계속 유지

해 간다는 것은 참 어렵고 지난한 일이다. 쌓는 것은 힘들어도 무너지는 것은 한순간이다.

오랜만에 찾은 진고개에서 비로소 안도감을 찾는다. 허기를 잠재우고 이런저런 이야기를 나누다 보니 음식이 줄어드는 속도보다 소주병이 비는 속도가 점점 빨라진다. 우리 테이블을 담당하는 직원분이 수시로 체크하며 빈 접시와 소주병을 채워주신다. 굳이 직원과 눈을 마주치고 부르지 않더라도 알아서 먼저 물어봐 주고 서비스해 준다. 음식에도 만족하고 직원분의 서비스에도 만족한다.

진고개는 외국 관광객을 위한 음식점으로 시작했다는 말을 들었던 적이 있다. 아마도 이런 출발이 여타 노포들과는 급이 다른 서비스를 제공할 수 있는 원동력이 된 것은 아닐까 추측해 본다. 수시로 테이블을 체크하는 직원분의 모습에서 맛있는 음식에서 얻을 수 있는 감동과는 다른 또 다른 무엇을 얻어간다.

오랜만에 지갑을 열고 팁을 드렸다. 이런 팁이라면 절대 아깝지 않다. 다음에는 오늘 함께 한 분과 오랜만에 어복쟁반을 먹어야 할 듯하다. 이렇게 노포 한 곳을 또 다른 이에게 자신 있게 소개한다. 뿌듯하다.

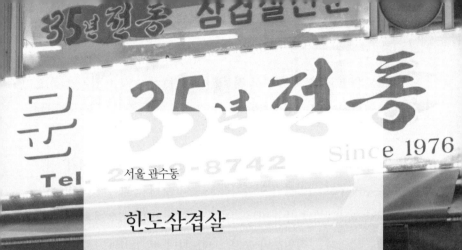

한도삼겹살

종로3가 뒷골목에 자리 잡은 냉삼의 성지
기름에 튀기듯 노릇하게 익은 냉동 삼겹살 한 점과
파절이, 김치의 예술적인 어울림

주소	서울 종로구 수표로18길 24
전화번호	02-2279-8742

알루미늄 포일 위 익어가는 냉삼의 유혹을 누가 거부할 수 있으리오. 고기가 익는 그 짧은 순간도 극한의 인내가 필요할 정도. '좌쌈우소(왼손엔 삼겹살, 오른손엔 소주)로 건배를 외치며 달리다가 '볶음밥의 시간'으로 마무리한다.

언제부터 드나들었는지 기억마저 희미해진 오랜 단골집이 있다. 국민학생(초등학생이 아닌) 시절 로스구이부터 시작한 '불판에 굽는 고기'에 대한 추억이 생고기에서 냉동육으로 바뀌고, 양념 고기로 진화하던 그 시절 어디쯤이었으니, 아마도 1990년대 후반에서 2000년대 초반, 나이로는 20대 후반 정도부터 다녔던 곳으로 추측된다.

종로3가 전철역에서 나와 YBM시사 건물이 있는 골목으로 접어들어, 국일관 빌딩을 지나 올라가다 좌측 골목으로 발을 들이면 모텔들이 가득한 골목이 나온다. 이 골목 사이로 발걸음을 계속하다 보면 작은 삼거리 한편에 자리한 '한도삼겹살'을 만날 수 있다. 이 집은 사장님과도 얼굴을 터놓고 지내는 사이인데, 가게의 업력이 쌓이며 흰머리를 더해가는 사장님의 모습을 쭉 지켜봐 왔기에 내겐 더 의미가 있는 곳이다.

이 집 음식은 지극히 단순하다. 잘 얼린 옛날식 삼겹살(껍데기가 붙어있지 않은)과 김치, 파절이 그리고 시원한 콩나물국이 전부다. 알루미늄 포일이 깔린 불판에 사각형으로 잘린 삼겹살을 가지런히 올리고, 아래쪽으로 향해 있는 기름구멍 위로는 김치와 파절이, 마늘을 올린다. 삼겹살에서 흘러나오는 돼지기름을 충분히 머금을 수 있게 자리를 잡아 주는 것이다.

불판이 충분히 열을 머금고 얼어붙은 삼겹살의 겉이 익어가기 시작하면, 냉동 삼겹살은 가지고 있던 기름과 수분을 밖으로 내보내며 쪼그라든다. 이 상태에서 고기를 불판 위에서 조금 더 놀리면 자기가 내놓은 기름에 튀겨지듯 갈색으로 변하는데, 이때가 냉동 삼겹살을 먹기 딱 좋은 타이밍이다. 냉동 삼겹살은 적당한 바삭함이 생명이다.

손 위에 상추 한 장을 올리고 그 위에 고기와 고추장(이 집은 고추장을 낸다)을 찍은 마늘을 포갠다. 다시 그 위에 새콤한 파절이 또는 돼지기름에 잘 구워진 김치 한 조각을 올려 쌈으로 만들어 한 손에 쥔다. 미리 채워 놓은 소주잔을 한 손에 잡으면 비로소 천국의 문을 열 준비는 끝.

'좌쌈우소(왼손엔 삼겹살 쌈, 오른손엔 소주잔)'를 들고 함께 온 사람들의 건강과 행복을 기원하며 건배를 한다. 마치 제를 올리는 듯한 신성한 의식처럼 말이다. 그리고 다시 쌈을 싸고 또 잔을 채우길 반복한다.

고기가 조금씩 사라져 가고 취기가 얼큰하게 오르면 또 다른 변주를 시도해야 할 시간이다. 남은 고기를 잘게 '쪼사서' 주문한 밥과 채소, 양념을 불판에 쏟아부어 새로운 음식을 만들기 시작한다. 이제는 한국인이라면 모두에게 국룰이 되어 버린 '볶음밥의 시간'이다.

잘 익은 김치와 야채, 고추장 그리고 참기름, 여기에 밥이라는 탄수화물이 어울려 만들어내는 케미는 그 누구도 거부할 수 없는 유혹이다. 마침내 볶음밥이 완성되고 나면 이젠 끝을 향해 달려가는 일만 남았다. 멀지 않은 곳에 오늘 술자리의 엔딩이 눈에 보이기 시작한다.

일행과 헤어져 집으로 향하는 지하철에 몸을 올린다. 술기운에 스르륵 잠이 들었다가 눈을 떠 보니 종착역이다. 이젠 낯익은 종착역 역무원들이 빨리 나가라고 재촉한다. 아뿔싸, 오늘도 심야 택시를 타야 한다.

서울 공덕동

원조마포껍데기집

아직 옛 풍경이 남은 만리재 고갯길
연탄불 피우는 옛날 감성의 돼지껍데기집에서 맛보는
마성의 소금구이와 껍데기

주소   서울 마포구 효창목길 9
전화번호   02-712-5575

'도라무깡' 탁자에서 구워 먹는 진짜 돼지껍데기 배받이살! 입에 들어가는 순간 살살 녹아내리는 콜라겐이 느껴진다. 굵은소금을 뿌려 굽는 소금구이는 육즙이 가득하다. 이 집만의 별미 '조기구이'는 아는 사람만 아는 맛!

〈초빼이의 노포 일기〉를 써 내려가던 어느 날, 소개하는 집들이 종로와 을지로 쪽에 너무 편향된 것이 아닐까 하는 생각이 들어 불현듯 옛날부터 한 번 꼭 찾아보리라 다짐했던 곳을 떠올렸다.

인터넷에 검색해 보니 여전히 같은 자리에서 영업 중이었고, 사람들도 많이 찾고 있었다. 게다가 방송까지 탄 것 같았는데, 생각난 김에 찾기로 했다.

세련된 빌딩과 높은 아파트들로 채워진 공덕역 인근은 굉장히 빠른 속도로 경관이 바뀐 지역 중 하나이지만, 구도심의 흔적도 아직은 이곳저곳에 남아 있어 옛 추억을 떠올릴 수 있기도 하다. 공덕역 4번 출구나 5번 출구로 나오면 맞닥뜨리게 되는 공덕동 일대는 옛 구도심의 흔적들이 아직도 진하게 남아 있는데, 특히 5번 출구 인근의 마포 공덕시장과 마포시장

인근에는 아직도 노포들이 많은 남아 있기도 하다.

공덕역 5번 출구를 나와 만리재로를 따라 가파르게 솟아오른 언덕을 거슬러 오르기 시작한다. 만리재로는 원래 조선 때부터 있던 만리재 옛길을 따라 만들어진 도로다. 서소문에서 시작해 만리재를 넘어 옛 한강 물류의 중심이던 마포까지 이어졌는데 특히 1960년대 초반까지 서울 시내를 다니던 전차의 종점이던 마포종점까지 연결됐다고 한다.

나 같은 '자발적 돼지'에게는 만리재 언덕도 한 발짝 한 발짝 떼는 것이 고역이다. 게다가 온몸 가득히 스며들어 있는 어젯밤 알코올 퇴적물도 걸음걸이를 방해한다. 다행히 오늘의 목적지인 '원조마포껍데기집'까지는 그리 오랜 시간이 걸리지 않는다. 10여 분 정도면 갈 수 있다.

원조마포껍데기집은 만리재 고개의 8부 능선쯤에 자리하고 있다. 한겨레 신문사 바로 앞이다. 아마도 지금 남아 있는 서울의 노포 중에서 옛 대폿집의 원형에 가장 가까운 집이 아닐까 싶다.

무릇 대폿집이라 하면 대폿술을 파는 집이다. '대폿술'은 큰 잔에 부어 먹는 술이다. 하지만 우리가 일반적으로 가진 대폿집에 대한 기억(또는 환상)은 '고기 굽는 연기가 가득한 가게 안에서 사람들이 흥겹게 술을 마시고, 벽과 천장은 고기 구운 연기와 기름때에 찌들어 누렇게 바래버린' 그런 집 아니겠는가. 연남동의 유명한 '서서갈빗집'과 같은 모습을 이곳에서 만날 수 있다.

가게 앞에 도착한 것이 4시 반 정도. 약속한 일행이 6시 정도에 도착한다고 해 주변을 이리저리 둘러보다가 5시 반 정도에 다시 왔는데 가게는 이미 만석이다. 대기 목록에 올라 있는 사람들이 4팀이나 더 있다.

가게가 워낙 작아 테이블은 고작 6개, 하지만 실제로 운영하는 테이블은 5개다. 작은 플라스틱 의자를 가게 앞에다 놓고 기다리기 시작해 한 시간 만에 어렵사리 입장했다.

입장하자마자 주문부터. 소금구이 2인분. 고기가 금방 나오고 술자리가 시작된다.

고기 상태는 나쁘지 않다. 굵은 강철로 만든 옛날식 석쇠 아래에선 연탄불이 열기와 특유의 냄새를 피워 올리고 있다. 석쇠가 적절히 달궈지면 고기를 올리고, 바로 굵은 소금을 고기 위에 촤촤촤 뿌리면 모든 준비는 끝난다. 이제부터는 연탄불의 뜨거운 열기가 '열일' 해야 할 시간. 하얗게 피어오르는 고기 굽는 연기가 마치 민들레 홀씨처럼 대기 중으로 퍼져 나간다.

예전에는 '도라무깡'으로 불렸다고 하는 드럼통으로 만든 테이블 위에 돼지고기 꽃이 피고, 그 향이 하얗게 주변으로 퍼져나가며 축제가 시작된다. 함께 한 친구도 비슷한 연배의 친구라, 요즘 쉽게 볼 수 없는 이런 대폿집 분위기에 벌써 취해버렸다.

2인분을 시켰던 소금구이 접시는 금세 바닥을 보이기 시작한다. 먹는 흐름이 끊어지는 걸 지극히 싫어하는 나는 이 집의 별미인 '조기구이'를 주문해 석쇠에 올리고 비워버린 술잔을 다시 채우고 있다.

귀띔하자면, 의외로 이 집의 조기구이가 맛있다. 예전엔 고등어구이를 많이 찾았다는데 요즘은 조기구이가 조금 더 우세한 모양이다. 다른 테이블을 둘러보아도 조기구이가 더 많다.

주문을 하자마자 바로 조기구이가 나와 사장님께 여쭸더니 생선구이는 굽는 시간이 많이 걸려 미리 다른 연탄 화로에 올려 구워 놓는다고 한다. 주문에 맞춰 구우면 그 시간을 도저히 맞출 수 없다는 것이 사장님의 설명이다. 그도 그럴 것이 이 집은 여자 사장님이 혼자 운영하기 때문에 조금의 시간도 낭비할 겨를이 없다.

고등어와 조기를 올려놓은 작은 연탄 화로를 보니, 어릴 적 '오리떼기(서울말로는 달고나)' 장사하던 아저씨들이 들고 다니던 그 연탄 화로다. 요즘은 구하기도 힘든 휴대용 연탄 화로를 어디서 용케 구하셨나 보다. 구이로 나온 조기를 석쇠 한 편에 올려두니 제법 그림이 나온다. 닭구이만 올리면 나름 '육해공'을 대표하는 먹거리들로 구색을 맞출 수 있을 텐데……, 이렇게 생각한 것은 나뿐일까?

연탄은 굉장히 높은 온도를 유지하며 지속해서 사용할 수 있기 때문에 아직도 고깃집에서 널리 사용되는 화력 제공원이다. 물론 가스 불이 훨씬 더 높은 온도를 내기는 하나, 연탄 불의 그 지긋함에 비할 수 있을까. 게다가 연탄불로 떨어진 기름은 불꽃을 피워올리며 연기를 내기 때문에 우리가 좋아하는 천연의 불맛과 훈연향도 함께 담을 수 있으니 가스 불의 그것과는 비교하는 것 자체가 어불성설이다.

내가 이 집에서 가장 놀란 것은 돼지껍데기다. 하얀 접시에 담겨 나온 돼지껍데기의 퀄리티가 너무나 좋다. 십여 년 만에 진짜 돼지껍데기 '배받이살'을 받았으니 얼마나 기쁜지. 자고로 돼지껍데기 중에 가장 맛있고 비싼 부분이 배받이(젖꼭지가 붙어 있는 돼지 껍데기) 부분이다. 하지만 요즘 고깃집에서 돼지껍데기를 주문하면 옆구리나 다른 부위의 껍질이 나오는 경우가 대부분이다. 그런데 이 집에선 대놓고 배받이 부분을 낸다. 돼지껍데기를 너무나 좋아하는 초빼이의 나로서는 너무나 행복하다.

그러고 보니, 이 집의 상호를 잠깐 잊고 있었던 것 같다. 상호가 '원조마포껍데기집'이니, 이 집의 진정한 시그니처 메뉴는 돼지껍데기일 것이다. 훌륭한 돼지껍데기를 받으면서 급

흥분한 나머지 목소리를 조금 높였더니 매장 안의 손님들과 웨이팅 줄의 사람들까지 쳐다본다. 부끄러움은 내 동행들의 몫이라 생각하고 모른 체 껍데기를 뒤집는다.

정신없이 젓가락을 놀리다 보니, 혼자서 돼지껍데기 2인 분을 다 먹어 치운 듯하다. 함께한 일행에게는 미안한 마음도 가득하지만 서해안 낙도에 살아 서울 올라오기가 힘든 시골 촌놈이 언제 또 이 집에 오겠냐며 너스레를 떨어 본다. 우리들의 이야기가 길어질수록 웨이팅 줄에 있는 사람들의 얼굴은 점점 어두워져 간다.

이 집의 가장 큰 장점은 앞에서 언급한 대로 옛날 대폿집의 분위기를 만끽할 수 있다는 것. 그리고 또 정말 양질의 돼지껍데기를 먹을 수 있고, 야성미 가득한 음식을 즐길 수 있다는 것이다. 주문한 고기들과 함께 내주는 채소도 밭에서 갓 따 온 것 같이 미나리와 무청을 제대로 다듬지도 않은 형태로 접시에 올려 낸다. 요즘의 세련된 고깃집에서는 절대로 경험할 수 없는 모습들로 가득한데, 사람들은 이런 점을 이 집만의 매력으로 느끼는 것이 아닐까 싶다.

오랜만에 마음 놓고 고기와 껍데기를 흡입한 덕분에 집으로 가는 길, 결국 종점까지 갔다. 게다가 연탄불에 구운 고기 연기와 불향으로 세상 무엇으로 지울 수 없는 강력한 훈연향을 온몸 구석구석 뿌렸으니 '오늘 고기 좀 먹었소'라는 자랑

질도 충분히 된 듯하다.

그리고 일주일이 지난 오늘, 이 집에 대한 글을 쓰는 이 순간에도 다시 한번 찾고 싶다는 욕망이 강하게 솟아오른다. 언제 또 가려나 기다려지는 집이다.

아, 참고로 이 집 사장님 아직도 계산할 때 주판을 쓰신다. 그것도 정말 옛날에 사용하던 5알짜리 주판.

<u>서울 용문동</u>

용문갈비

돼지갈비 마니아라면 꼭 찾아가야 할 돼지갈빗집
52년 역사의 슴슴하면서도 깊은 단맛
여기 '진짜' 돼지갈비가 있다!

주소	서울 용산구 새창로 127
전화번호	02-712-3900

달기만 한 요즘 돼지갈비와는 차원이 다른 맛. 새콤달콤한 특제 '초장'에 찍어 먹어보면 왜 이 집 돼지갈비가 완벽한지 알게 된다. 동치미와 후식 냉면, 식혜까지 이어지는 코스는 가히 명불허전! 가도 가도 또 가고 싶은 집이다.

돼지갈비는 소갈비 대용으로 나온 음식이다. 일제 강점기 시절에는 인구 대비 소의 사육 개체수가 많았다. 그래서 소고깃값이 당시 물가에 비해 그리 비싸지 않았지만, 일제의 수탈이 심해지면서 소의 가격이 점진적으로 오르게 됐다(지금이야 소고기 가격이 하늘 높은 줄 모르고 올라버려 소고기는 서민들의 주머니 사정으로는 자주 찾기 어려운 음식이 됐지만). 이런 소고기의 대안으로 등장한 것이 비교적 저렴한 돼지와 닭을 이용한 음식들이었다.

그 과정에서 소갈비를 대신해 돼지갈비와 닭갈비가 서민들의 삶에 깊이 파고들었고, 이제는 '대용'이 아닌 '대세' 음식으로 자리 잡게 됐다. 소갈비처럼 돼지갈비나 닭갈비는 굳이 갈비 부분을 사용하지 않아도 된다. 두툼한 목살이나 삼겹살을 쓰기도 했고, 비교적 저렴한 후지(뒷다리살)나 전지(앞다릿살)를 슬며시 넣어 '돼지갈비'라는 이름으로 손님에게 내기도 했다. 다만 반드시 지켜야 할 것이 있었는데, 달콤 짭짜름한 양념이었다. 간장 베이스의 양념에 버무린 고기라면 그 부위가 무엇이던 돼지갈비로 인정받았다.

이런 와중에도 돼지의 갈비 부위만 파는 집들이 생겨나기 시작하였는데, 이런 집들은 그 희소성 때문에 꾸준하게 대중의 사랑을 받았다. 얼마 전 들렀던 인천 간석동의 '부암갈비' 같은 곳은 2대째 사장님이 직접 갈비를 정형하고 포를 떠 판매하는 집이고, 이 자리에서 소개하는 '용문갈비집'도 돼지갈비만을 직접 손질해 판매하는 노포 갈빗집이다.

이 집은 용산역과 효창공원역 사이, 중립지대같이 두 지역을 잇고 있는 용문동 용문시장 건너편에 자리 잡고 있다. 초뻬이와 비슷한 연배의 고깃집인데, 1973년도에 개업해 무려 52년 동안 한 자리에서 돼지갈비와 소갈비를 내어 왔다. 이 집은 갈비를 사랑하는 사람들이 이미 많이 찾았고 또 앞으로 찾게 될, 돼지갈비를 사랑하는 사람들 사이에서는 성지와 같이 추앙받고 있는 집이다.

이곳을 찾은 이유는 전혀 모르던 분들과 처음 만나 술 한 잔 나누기로 한 약속 때문이었다. 초뻬이도 이 집은 첫 방문이었지만 많은 분들이 추천해 주셨던 곳이라 꽤 기대감이 컸다. 1호선 용산역에서 내려 뒤편으로 나와 길게 이어진 고가 육교를 따라 발걸음을 옮겼다. 용산전자상가의 낡은 건물들이 유럽의 오래된 성처럼 눈앞을 지나갔고, 그 건물들을 지나 한 번도 걸어보지 않았던 길로 접어들었다. 용산역과 효창공원역 사이에 자리하고 있는 작은 동네가 멀리서 모습을 드러내기 시작했다. 한 시간 정도 일찍 도착한 터라 용문시장과 그 건너편의 동네 길을 부러 걸었다. 높은 빌딩과 근사한 아파트들만 서 있을 것 같던 용산에서, 한 집 건너 한두 채씩 보이는 일본식 건물과 오래된 시장의 풍경을 보니 묘한 이질감이 느껴졌다. 용문 갈비집은 그 중심에 자리 잡고 있었다.

조금 늦게 도착할 분들도 계실 것 같아 미리 가게에 들어가 5명 자리를 예약했다. 점심시간이 훨씬 지난 4시경인데도 이미 세 테이블에서 갈비 굽는 연기가 피어오르고 있었다. 시장 건너편 낡은 3층 건물의 1~2층을 모두 사용하는 이 집은 건물 정면과 옆면에 걸린 간판이 서로 다르다. 옆면의 흰색 간판이 조금 더 오래된 느낌이 드는데, 앞면의 녹색 간판과 그 크기도 달라 다른 시기에 만들어진 것임을 한눈에 알아볼 수 있다. 게다가 2층의 타일 벽은 1960~70년대 건물의 특징을 잘 드러내며 건물의 나이까지 추측할 수 있게 해 준다. 시간의 무게를 이기지 못해 듬성듬성 떨어진 갈색 타일의 빈자리마저 낯설지 않게 느껴지며 그 자체로 풍경이 되었다.

약속 시간이 되자 한 명씩, 두 명씩 자리를 채우기 시작했다. 처음 뵙는 얼굴에 자리에서 일어나 악수를 나누고 명함을 교환한다. 예약한 사람보다 더 많은 사람이 한 테이블에 자리 잡았다. 그 많은 사람들이 만든 원의 중심에선 진한 양념을 두른 갈비가 연기를 피워 올리며 강렬한 숯불 위에서 구워지고 있다. 소주잔이 숯불과 환기구 사이로 이리저리 넘나들고, 이런저런 이야기가 갈비 조각처럼 오간다. 새로운 사람들을 처음 만나는 자리로 돼지갈빗집이라니.

용문갈비의 양념은 겉보기에 색이 굉장히 진하다. 간장을 때려 부은 후 돼지갈비를 1년은 담가 두고 색을 입힌 듯 밤색을 띤다. 하지만 갈비를 구워 입에 넣으면 예상보다 슴슴한 맛에 놀라게 된다. 사실 돼지갈비는 양념 맛으로 먹는다고 해도 과언이 아닐 정도로 양념이 맛에서 차지하는 비율이 높은 음식이다. 용문갈비의 갈비 양념은 일부 갈빗집처럼 캐러멜 따위로 단맛과 색을 낸 그런 조악한 양념이 아니다. 그러니 갈비를 실컷 먹고 나서도 부대끼거나 부담스럽지 않다.

사장님이 황해도 출신이라는 말을 얼핏 들었던 적이 있다. 어쩌면 이북에서 황해도 음식은 남한의 음식사飮食史에서 전라도 음식이 차지하는 비중만큼 중요한 역할을 하는 것이 아닐까 하는 추측도 했다. 까나리 액젓을 부어 먹는 백령도 냉면의 기원도 황해도 출신 피난민 손에서 시작됐고, 우리나라의 3대 비빔밥 중의 하나인 해주 비빔밥이나 사리원 냉면도 황해도의 음식이다. 그야말로 삼팔선 이북 지역에선 황해도 음식이 주류인 것 같은 느낌이랄까.

황해도는 넓은 곡창지대와 바다를 끼고 있다. 북한의 유명한 곡창지대인 연백평야와 재령평야에서는 쌀과 다양한 종류의 곡물이 넉넉하게 생산되고 서해안에서는 풍부한 해산물을 거두어들일 수 있다. 이처럼 식재료를 활용해 음식을 만들어내니 어느 것 하나 부족하지 않다. 예부터 유명한 개성과 평양의 음식들이 사람들의 관심을 끌었던 것도 이런 영향이 아닐지.

잠깐 딴생각에서 돌아와 다시 고기에 집중. 용문갈비에서는 독특하게 돼지갈비를 찍어 먹는 장으로 초장(양념장)을 내준다. 하지만 초장에 바로 고기를 찍어 먹는 것이 아니라 상차림에 함께 나온 파절이를 초장에 묻혀 고기와 함께 먹는다(먹다 보면 이렇게 먹는 것이 더 맛있다며 이모님이 알려 주신다). 초장의 시큼함과 매콤함이 갈비 양념의 단맛을 끌어올리는 증폭제 역할을 한다. 심지어 쓰디쓴 소주마저 갈비의 자연스러운 단맛을 끌어 올리는 데 일조한다. 심하게 달지 않은, 적당하다 싶을 정도의 단맛이 슴슴하다 싶을 정도의 간장 맛보다 조금 앞서 나온다. 기가 막힌 비율로 만든 갈비 양념이라는 생각이 머릿속을 떠나지 않는다.

갈비에서 잠깐 눈을 돌려 고구마 한 조각을 양념장에 찍어 베어 문다. 서걱거리는 고구마 특유의 식감이 갈비를 씹으며 익숙해진 부드러운 식감을 한 번에 초기화시킨다. 쌈 채소와 별도로 고구마나 당근을 내는 상차림은 1980~90년대의 고깃집에서 유행했던 상차림이다. 2024년에 '그때 그 시절' 고깃집 상차림을 만날 수 있다는 사실마저 초삐이와 같은 노포 기행가에겐 큰 행운이다.

또 다른 압권은 1인당 한 그릇씩 내주는 동치미다. 잘 익은 동치미 국물이 돼지갈비 못지않은 '물건'이다. 정신없이 갈비와 소주를 들이켜다 술기운이 갑자기 오른다 싶으면 동치미 국물 한 모금만 마시면 된다. 그러면 모든 것이 진정되며 원래의 자리로 돌아온다. 요즘 젊은 친구들이 선호한다는 숙취 해소제보다 더 강력하고 빠른 효과를 얻을 수 있는 희귀템이다. 이 동치미 국물을 숙취 해소 음료로 포장해서 판매하면 크게 성공할 수 있을 것 같다는 생각마저 들었다. 동시에 슬며시 국수 생각이 났다. 잘 삶은 소면 한 덩어리 동치미에 말면 세상 부러울 것이 없을 것 같다.

모든 것이 완벽했다. 잘 다듬은 마늘 한 톨부터 김치와 무생채, 그리고 고구마 한 조각까지 무엇하나 나무랄 데가 없었다. 50년 넘게 직접 음식을 만들어 왔기에 가능한 완전무결함이다. '1만 시간의 법칙'이니 뭐니 하는 경영학 서적을 백번 읽는 것보다 이곳의 제대로 된 음식을 맛보고 직접 느껴 보면 오랜 시간을 이어 온 노력이 어떤 결과를 만들어 내는지 깨달을 수 있을 것이다.

도대체 몇 번을 다시 채웠는지 모를 돼지갈비 접시가 물러

나고, 몇 병인지 세기도 힘든 빈 병이 바닥을 구르고 있을 무렵, 테이블 위의 뜨거웠던 이야기들은 조금씩 진정되기 시작했다.

자, 이제 서서히 마무리가 필요한 시간이다. 이 집의 마무리는 터프하게 김치 몇 조각 올린 냉면과 직접 만든 식혜 한 잔이다. 어지간한 유명 냉면집들 명함은 내밀지 못할, 깊은맛의 냉면 육수에 도무지 말을 이을 수 없었다. 새빨간 김치 조각의 강렬함이 냉면 육수에 잠기며 풀어질 때 만들어 내는 이 미친 케미란! 도대체 이런 조합들은 어떻게 만들어 내는지 궁금하기도 하다.

이 집을 나와 2, 3차로 찾았던 집들도 꽤 맛있는 음식을 내는 집이었지만, 다음 날 아침까지 내 가슴속에 남아 있던 것은 돼지갈비와 동치미와 냉면, 그리고 식혜 한 잔에 대한 진한 그리움이었다.

아픈 속을 부여잡으면서도 초빼이는 '이미' 용문갈비가 그리워졌다.

서울 을지로

산수갑산

접시 위에 올라간 돼지 한 마리
선지와 고기의 선도와 맛 등 모든 면에서
우리가 맛볼 수 있는 당대 최고의 순대

주소　　　　　서울 중구 을지로20길 24
전화번호　　　02-2275-6654

서울 한복판에서 맛볼 수 있는 함경도식 아바이 순대의 참맛. 소고기보다 더 맛있는 돼지 부속이 있다니! 영국의 블랙 푸딩도 프랑스의 부댕 누아도 이 맛에 비할 수 없다. 쫄깃함과 부드러움의 그 오묘한 조화를 맛보시라.

순대라는 음식을 그다지 좋아하지 않던 내가 본격적으로 순대에 맛을 들이기 시작했던 것은 이모님이 운영하시던 분식집에서 당면순대를 먹기 시작하면서이다. 대학입시를 마치고 입학 전까지 남는 시간 동안 이모님의 분식집에 나가 가게 정리를 도와드렸던 때가 있었다. 가게 물품을 정리 후 이모님과 함께 앉아 떡볶이와 어묵 그리고 순대 한 접시를 두고 소주 한 잔을 함께 하며 이런저런 이야기를 나누던 것이 품삯의 전부였다. 그때 소주 한 잔에 한두 점 집어먹던 당면순대의 맛은 아직도 잊을 수가 없다.

우리나라에는 다양한 순대가 있다. 당면으로 속을 채운 당면순대에서 소창이나 막창을 쓰며 고기를 채운 고기순대, 대창을 사용하는 아바이순대, 오징어를 순대 피로 사용하는 오징어순대, 선지를 주재료로 사용하는 피순대 등이 있다. 또

함경도의 명태순대가 있고 전라도에는 암뽕순대가 있듯, 만드는 재료와 지역에 따라 많은 이름을 가진 순대가 존재한다.

그렇다고 순대라는 음식이 우리 음식사에서만 찾을 수 있는 음식은 아니다. 조리 방법과 먹는 방법에 차이는 있겠지만, 전 세계적으로 동물의 내장에 피와 고기, 채소 등을 채워 넣어 만드는 순대와 유사한 음식이 꽤 많다. 돼지의 내장과 피, 그리고 오트밀을 넣고 익히는 영국의 블랙 푸딩Black Pudding, 양의 위에 채소와 곡식을 넣은 스코틀랜드의 해기스Haggis, 프랑스의 부댕 누아Boudin Noir, 스페인의 모르시아Morcilla 역시 순대라고 할 수 있는 음식들이다.

이런 걸 보자면 어쩌면 순대는 세계적으로 가장 오래되고 보편화된 '인터내셔널 푸드'가 아닐까 하는 생각도 든다. 가축을 도축해 그 부산물을 어떻게 활용할 것인지에 대한 범인류적 공통의 고민이 순대라는 음식을 탄생시켰을 것이다.

이번에 찾은 집은 사대문 안에서 굉장히 맛있는 순대를 오랫동안 내 온 집이다. 을지로의 '산수갑산'이 바로 그곳. '산수'는 '삼수'와 같은 말로 함경남도 북서쪽의 압록강을 접하고 있는 지역이며, '갑산'은 함경남도 북동쪽 개마고원 중심에 있는 지역이다. 삼수 지역은 우리나라에서 가장 추운 지역에 속하며, 갑산은 산세가 험해 접근이 어려운 지역이다. 이 두 지역의 이름이 합쳐져 '가장 춥고 접근하기 어려운 오지'

를 뜻하는 '삼수갑산'이 되었다. 우리가 흔히 쓰는 '산수갑산'은 이 '삼수갑산'의 오기인 셈이다. 1970~80년대 교외의 식당 이름으로 많이 쓰였던 '산수갑산'이라는 이름은 흔히 '경치가 좋은 곳 또는 풍경'으로 잘못 알고 있는데, 실상 이 속뜻대로 라면 전혀 다른 의미로 쓰인 것을 알 수 있다.

을지로 산수갑산은 순대를 좋아하는 사람들은 한 번은 거쳐야 할 노포다. 몇몇 방송에 출연하더니 이제는 대기 줄의 끝을 먼저 찾아야 하는 유명 노포가 되었다. 이 집을 찾을 때마다 산수갑산의 뜻이 '너무 많은 사람이 몰려 찾기 힘든 곳'으로 의미가 바뀐 것은 아닐지 의심해 보기도 한다.

을지로는 오래된 동네 분위기가 물씬 풍긴다. 낡고 오래된 빌딩들이 가득하기 때문일 것이다. 산수갑산처럼 아름다운 경치는 없지만 이 집의 순대만큼은 산수갑산보다 더 아름답고 영롱하게 빛난다.

어쩌면 산수갑산의 순대는 '아름답다'라는 단어로 한정 지을 수 없는 음식일 수도 있다. 동물의 내장과 피를 음식의 재료로 쓴다는 것은 내장과 피에서 나오는 비린 맛과 냄새와의 싸움을 해야 한다는 것이다. 그런데 이 싸움에서 이기는 것이 그리 쉬운 일은 아니다. 특히 우리가 '선지'라고 부르는 피는 그 자체로 비린 맛을 가지고 있고, 시간이 지나면 '쉰 맛'까지 내뿜는, 정말 다루기 어려운 재료다. 이런 재료를 가지고 이토록 맛있는 음식을 낸다는 것은 이 집 사장님의 기교와 능력이 상당히 뛰어나다는 뜻이기도 하다.

선지는 혈관 밖으로 나오자마자 변하기 시작한다. 그래서 가능한 빨리 선지를 익혀야 한다. 선지를 익히면 고소하고 깊은맛을 낼 수 있다. 이 싸움을 거쳐 만들어진 것이 바로 산수갑산의 순대다. 이 집의 순대는 함경도식 아바이 순대인데, 그 맛이 우리가 시장에서 사 먹는 '비닐' 순대와는 비교 자체가 자체가 불가능할 정도로 높은 수준의 맛을 선사한다.

대부분의 손님들은 '순대 모둠'을 주문하는데, 순대 모둠을 시키면 술국 같은 국물이 덤으로 따라 나온다. 큰 접시에 순대와 오소리감투, 귀, 머릿고기 등이 가득 담겨 나오는데, 눈으로 보는 것만으로도 큰 만족감을 느낄 수 있다. 게다가 손님들이 워낙 많이 찾아 재료의 회전이 빠르니 재료들의 선도 또한 나무랄 데가 없다. 부위로 따지자면 부속물이나 자투리지만, 우리가 얻을 수 있는 만족감은 돼지갈비나 삼겹살에서 얻을 수 있는 그것과 큰 차이는 없다.

첫 시작은 반드시 오소리감투나 머릿고기로 시작하길 권해드린다. 대창순대는 약간의 기다림이 필요한 음식이기 때문이다. 나는 개인적으로 대창순대는 막 나온 후, 한 김 식힌 뒤에 먹는 걸 선호한다. 대창이 열기를 품고 있을 땐 식감이 그다지 매력적이지 않기 때문이다. 머릿고기나 오소리감투를 먼저 먹고 소주 몇 잔을 들이켠 후 그다음에 대창순대를 먹는 것이 가장 좋은 순서라고 생각한다.

대창순대는 사람에 따라 호불호가 갈리긴 하지만 나 같은 초빼이들에겐 최고의 안줏거리다. 대창순대를 입안에 넣고 씹을 때 느낄 수 있는 쫄깃함과 부드러움은 오직 대창순대에서만 찾을 수 있는 매력이다. 오묘한 그 식감이 채 가시기 전에 찹쌀과 선지의 묘한 향이 올라오며 합슴을 이룬다. 오소리감투와 머릿고기의 존재감도 뚜렷하니, 조그만 접시 위에서 돼지 한 마리가 올라와 춤을 추고 있는 느낌이 이런 것이 아닐까.

이 집에서 파는 음식이 순대와 순댓국이다 보니 예전엔 손님들의 연령층이 비교적 높은 편이었다. 하지만 요즘엔 여러 방송에서 소개되다 보니 오후 6시 정도만 되면 대기 줄이 길어지는데, 이삼십 대 젊은 층도 쉽게 찾을 수 있다. 나이 든 노인들과 이삼십 대의 젊은 손님들이 하나의 공간에 앉아 각자의 하루를 풀어내는 모습을 보는 재미도 쏠쏠하다. 아마도 이런 것이 오래된 노포에서 볼 수 있는 매력이 아닐까 싶다.

서울 내자동

할매집

한국인의 입맛에 딱 맞는 맛있게 매운 족발
콜라겐 가득한 돼지껍질을 베어 물 때의 쾌감이란!
커다란 살점이 압도적인 감자탕도 강추

주소   서울 종로구 사직로12길 1-5
전화번호   02-735-2608

달콤함과 매운맛의 이토록 완벽한 조화라니. 이 집 족발은 뼈에 붙은 마지막 살코기 한 점까지 맛있다. 게다가 강력한 중독성까지. 족발을 먹지 않고 감자탕만 먹었다면, 마라탕집에 가서 마라탕은 먹지 않고 꿔바로우만 먹고 나온 것과 같다.

서울의 옛 골목에는 특유의 고즈넉함과 오랜 시간 묵은 고풍스러움도 녹아 있어 이런 모습을 볼 때마다 가끔 놀라움을 느끼기도 한다. 게다가 골목골목 저마다의 특성이 있어, 골목 모퉁이를 돌 때마다 마주치는 의외의 모습이 유쾌하기도 하다. 경복궁 인근의 '할매집' 골목도 그런 골목 중의 하나이다. 현대식 빌딩들이 높이를 더하며 마치 성벽처럼 둘러싸고 있는 골목 한 가운데, 그리 고급스럽진 않은 낮은 지붕의 고택에 자리하고 있다.

할매집은 같은 직장의 무대 감독님과 술자리를 가지며 처음 찾았다. 이 골목에 발을 들여놓았을 때 이런 골목이 아직 남아있었나 싶었을 정도로 놀랐던 기억이 난다. 경복궁역 7번 출구에서 사직터널 방향으로 올라가다 보면 편의점 하나가 보이는데, 편의점을 끼고 왼쪽으로 난 골목으로 들어가면 십여 미터 앞에 빛바랜 연두색 간판 하나가 하늘로 솟아있다.

이 간판을 보았다면 이미 이 집에 다다른 것이다.

이 골목에는 낮은 지붕을 인 한옥들이 아직 남아있다. 이 때문에 고층 빌딩으로 가득 찬 주변과는 전혀 다른 공간인 것 같은 느낌을 받는다. 지금은 할매집을 제외한 나머지 가게들은 자주 간판을 바꿔다는 실정.

이런저런 연유로 할매집은 오랜만에 방문했다. 몇 년 전까지 테이블이 앉은뱅이 상이라 불편했지만 어느새 모두 테이블로 바뀌어 있었다. 좁은 상과 배치 때문에 옆자리 손님들과 몸을 부딪치기도 했는데 이런 불편함이 모두 개선된 것이다.

족발을 먼저 주문한다. 할매집을 대표하는 메뉴는 다툼의 여지가 조금 있지만 '매운 족발'이다. 각자의 기호에 따라 어떤 이는 감자탕을 이야기하고 어떤 이는 족발을 앞에 세우는데, 나는 족발에 기꺼이 한 표를 던진다. 내가 족발을 워낙 사랑하는 사람이기도 하지만, 이 집의 간판과 메뉴판을 보면 족발이 감자탕보다 위에 자리하고 있기도 하다. 이것이 이 집의 대표 메뉴가 족발이라는 강력한 증거가 아닐까.

할매집 족발은 장충동의 족발과 결이 약간 다르다. 장충동의 족발은 한국에 거주하던 화교의 음식에서 영향을 받아 다양한 향신료를 넣고 삶는다. 반면 할매집은 향신료를 사용하지만 한국인의 취향을 감안해 매운맛을 첨가했다. 장충동 족발에 비해 조금은 진일보한 형태라고도 할 수 있을 것이다.

매운맛도 꽤 강한 편이라 한번 먹어보면 뇌리 깊은 곳에 각인 된다. 족발을 삶은 후 한소끔 식히기 위해 꺼내 놓은 것을 보면 고추기름 같은 소스가 흘러내리는 것을 볼 수 있는데 이 모습에도 침이 고인다.

그렇다고 이 집 족발이 캡사이신으로 잔뜩 버무린 후 구워내는 불족발 같은 것이냐 하면 또 그런 것은 아니다. 딱 적절히 맛있게 매운 정도를 유지하고 있다. 여기에 달콤한 맛마저 품고 있으니, 콜라겐 가득한 돼지껍질을 한 입 베어 물 때마다 이 기막힌 맛에 어찌 감탄하지 않을 수 있을까. 매운 양념은 껍질을 뚫고 살코기 바로 윗부분까지 배어 있어 맛을 더욱더 깊게 만든다.

이 집의 족발을 먹을 때는 뼈에 붙은 살코기는 반드시 손으로 집어 먹는 게 좋다는 것을 강력히(!) 말씀드린다. 손가락으로 뼛조각을 잡고 손과 입을 이리저리 돌려 가며 뼛속 깊숙이 자리 잡은 마지막 살코기 한 점마저 다 먹어야 제맛을 온전히 느낄 수 있다. 어디 한국인의 술안주에서 '맵단'의 조합이 사랑받지 못한 적 있었던가. 족발 한 접시만으로도 초뼤이들은 소주 서너 병은 거뜬히 비울 수 있을 정도로 파괴력이 크다. 술을 마시다 잠깐 주위를 돌아보면 많은 사람들이 매운맛과 향에 침을 꿀꺽 삼키며 괴기하다고 할 정도로 목을 틀어 족발을 탐닉하는 모습을 쉽게 볼 수 있다. 이 집에서만 볼 수 있는 희귀한 장면이다. 개인적으로 내로라하는 전국의 족발 집을 다녔지만, 이 집만큼 맛있고 매력적인 족발을 내는 곳은 아직 보지 못했다.

족발에 심취해 바삐 입을 놀리다 보니 금세 접시 바닥이 보이기 시작한다. 음식은 흐름이 끊어지면 안 되니 바로 감자탕을 주문했다. 예전에는 '대 · 중 · 소'로 나뉘었던 메뉴가 족발은 '2인', 감자탕은 '대'(3인)와 '소'(2인)로 단순하게 바뀌어 주문하기도 편해졌다.

대표 메뉴가 족발이라고 해서 감자탕이 평범할 것이라 생각하면 오산이다. 감자탕도 굉장히 잘 삶아 잡내가 하나도 없다. 족발과 대표 메뉴 타이틀을 다툴 정도니 그 수준을 충분히 가늠할 수 있을 것이다.

이 집 감자탕의 특징은 뼈에 굉장히 큰 살점들이 붙어 있다는 것. 먹고 나면 배를 두드릴 만큼 양이 많다. 커다란 살 한 점을 이 집의 특제 소스인 겨자소스에 푹 찍어 입에 넣으면, 글쎄 이 맛은 도저히 말로 설명할 수 없을 정도다. 반드시 경험해 보아야 할 그런 맛이라고 표현할 수밖에 없다. 겨자소스는 밸런스가 굉장히 좋아 그냥 먹어도 맛있는데, 겨자소스와 결대로 잘 찢어진 살코기가 만나 만들어내는 맛의 시너지는 상상할 수 없을 만큼 큰 타격감을 준다. 따로 찾아뵙고 비법을 배우고 싶은 정도다.

국물은 감자탕으로 유명한 '동원집'과 비교했을 때, 동원집이 조금 묵직하다면 이 집은 약간 라이트하다. 이 말이 맛이 없다는 건 아니니 절대 오해하지 마시길. 동원집의 국물이 헤비급 선수의 육중한 펀치라면 이 집의 육수는 적절한 무게감과 테크닉을 겸비한 중량급 선수의 펀치라고 할 수 있다. 디테일이 조금 더 살아있다고 할 수 있는데, 냄비 위에 가득 얹어주는 콩나물과 부추가 국물에 잘 녹아들어 그 맛을 더욱 풍성하게 해주는 것도 특징이다.

의외로 함께 한 일행들 모두가 족발은 한 번도 안 먹어봤다고 때늦은 커밍아웃을 한다. 어떤 이는 이 정도 족발이라면 가족과 같이 오고 싶다며 엄지손가락을 치켜세운다. 나는 조심스레 그들에게 한마디 보냈다.

"이 집에 와서 족발을 건너뛰고 감자탕만 먹었다면, 그건 마라탕집에 가서 마라탕은 먹지 않고 꿔바로우만 먹고 나온 것과 같아."

몇 번 찾았지만 이 집 입구에 붙은 '미슐랭 가이드' 표지판을 처음 발견했다. 숱하게 드나들던 예전에는 선정되었는지도 몰랐다. 그만큼 부연 설명이 필요 없는 집이라는 뜻이기도 하다. 1975년에 개업해 지금까지 영업하고 있으니 벌써 49년째다. 사장님께서 부디 건강을 오래 유지하시어 계속 맛있는 음식을 만들어주시길 간절히 기원한다.

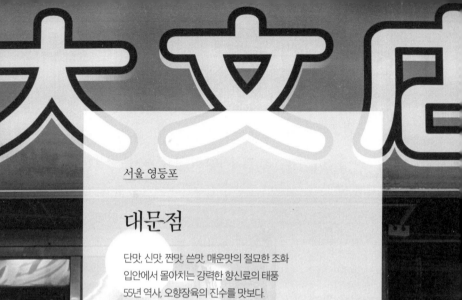

서울 영등포

대문점

단맛, 신맛, 짠맛, 쓴맛, 매운맛의 절묘한 조화
입안에서 몰아치는 강력한 향신료의 태풍
55년 역사, 오향장육의 진수를 맛보다.

주소	서울 영등포구 영중로10길 30
전화번호	02-2678-3256

인생의 희로애락이 이 한 접시에 다 담겨 있다. 그러니 오향장육의 맛을 아는 자, 진정한 어른의 맛을 아는 사람이 아니겠는가. 장육 한 점에 이과두주 한 잔이면 인생이 흡족하다. 만두도 그냥 지나칠 수 없는 집.

흔히들 말하는 '어른의 음식'(또는 맛)이라는 것들이 있다. 어릴 적에는 그 맛을 알지 못하다가 세월이 흘러 삶이 여물어 가면서 깨닫게 된다는 음식의 맛! 누군가는 복지리를 이야기하기도 하고 누군가는 홍어삼합을 이야기하지만, 나에게는 오향장육이 어른의 음식인 것 같다.

십몇 년 전 광화문에서 근무하던 시절, 변호사 회관 건물 왼편의 작은 골목 중간쯤에 조금은 애매한 외관을 가진 오향장육 전문점이 하나 있었다. 중국집보다는 허름한 동네 식당의 외향에 더 가까웠던 가게다. 게다가 그 집은 '오향장육 전문점'(내 기억엔 그렇다)이라고 한자로 쓰여 있는 간판까지 내걸고 있었다. 그 동네에서 사람들과 술자리를 많이 가졌던 터라 그 집도 서너 번 들렀던 기억이 있지만, 당시에 내겐 오향장육은 그리 인상적이지 않았던 음식이다. 진한 오향五香에 대한 기대와는 달리 조금 밋밋했다는 기억만 남아있다. 그리고 광화문에서의 직장생활을 마무리하고 대학로로 옮기면서 그 오향장육 집에 대한 기억도 흐릿해져 버렸다. 그때까지는 내게 오향장육은 그저 그런 음식이었던 것.

그런데 뜬금없이 좋은 오향장육을 먹어보고 싶다는 생각이 피어오르더니 어느새 강렬한 욕망으로 발전했고, 그 불길은 걷잡을 수 없을 만큼 활활 불타올랐다. 어떤 이유도 없었고, 특별한 계기도 없었던 터라 '도대체 내가 왜 이러는 거지'라는 생각에 당황스럽기까지 했다. 다른 건 다 참아도 음식에 대한 욕망은 못 참는, 본능에 충실한 '자발적 돼지'로서 그 '운명의 데스티니'같은 본능의 외침에 응할 수밖에. 때마침 서울에 일정이 있어 1호선 전철을 타고 움직이던 길이라 지하철에서 폭풍 검색을 시작했고, 서울시청 근처와 영등포역 인근에 잘하는 집이 있다는 걸 알고는 단 1분이라도 더 빨리 맛보고 싶다는 마음에 영등포역 인근의 오향장육 전문점으로 낙점했다.

인천과의 경계를 넘어 구로역 인근에 다다르니 몸이 점점 달아오르기 시작한다. 영등포역에 전철이 서자마자 밖으로 내달렸다. 예전이나 지금이나 영등포역은 여전히 동선이 복잡하다. 플랫폼에서 나와 지하 계단으로 내려와 개찰구를 통과해 미로와 같은 영등포역 지하상가를 걷다 다시 밖으로 나왔다. 오향장육 집으로 가는 길 중간에 함흥냉면 노포가 하나 있는데, 여기에서 잠시 마음이 흔들렸지만 퍼뜩 정신을 차리고 마침내 오향장육 전문점에 다다랐다.

오늘의 목적지는 1968년 개업한 영등포의 노포 중국집 '대문점大文店'이다. 창업주이던 사장이 1972년 미국으로 떠나며 직원이었던 현재의 사장님께 물려주었고 지금에까지 이르렀다. 이 집은 무려 56년 동안 오향장육과 만두만을 전문으로 내어 왔다. 상호를 보니 대문점이라 한자가 쓰여 있는데 '대문大門'이 아니라 '대문大文'이다. 대문大文은 보통 주해가 있는 글에서 본문本文을 뜻하는 것이니 이 가게의 오리지널리티와 중요성을 상호에서 강조한 것이 아닐지 추측해 본다.

점심시간을 많이 넘긴 시간이라 '문정 정식'은 주문할 수 없었다. 사장님께 여쭤보니 평일 점심시간(12~13시)에만 주문이 가능한 메뉴라고 한다. 1인분 정도의 오향장육과 꽃빵 등이 나오는 식사 메뉴인데 조금 아쉽긴 하다.

어쩔 수 없이 오향장육 중中 자와 물만두 그리고 진정한 인생의 벗인 '그 녀석'을 함께 주문했다. 나 역시 오리지널리티를 추구하는 사람이라 장육을 먹어보기로 결정. 오향장육은 돼지고기의 사태 부위를 써서 조금 뻑뻑한 느낌이 있다. 그래서 사람들은 오향족발을 많이 찾는 편이다. 오향족발은 살코기와 지방, 그리고 껍질까지 함께 나와 식감이 좀 더 부드럽다.

오향장육을 전문으로 내는 식당은 일제 강점기 시절부터 꽤 많았다고 한다. 1980년대에는 서울에만 100곳 이상의 오향장육 전문점이 성업했다고 하니 그 인기는 정말 대단했던 것 같다. 게다가 많은 수의 오향장육 전문점이 짜장면이나 짬뽕 같은 식사 메뉴가 없었다고 하니 이들 식당들은 술자리를 위한 가게였다는 것을 알 수 있다. 그러니 오향장육을 어른들을 위한 음식이라 부르는 것도 일리가 있다.

오향五香은 초피, 팔각, 정향, 회향, 계피를 뜻하는 것으로, 이를 넣어 달인 간장에 돼지고기 안심이나 사태, 소고기 등을 넣고 삶아내는 것이 오향장육이다. 오향은 오미五味를 내는 향신료로 단맛, 신맛, 짠맛, 쓴맛, 매운맛이 나고, 이 맛이 고기를 삶는 과정에서 고기에 스며든다. 이같은 복합적인 맛과 향이 수많은 사람들의 미각과 후각을 자극하는 것이다. 참고로 대문점에서는 돼지고기 사태를 쓴다고 한다(사장님께 직접 물어보았다). 오향장육은 그 자체로서는 평범한 삶은 고기일 뿐이지만, 함께 나오는 오이나 부추간장절임, 마늘, 양배추 그리고 짠슬이 더해졌을 때 비로소 빛나는 음식이 된다. 특히 '짠슬'이라는 젤리형 소스의 역할이 가장 중요하다.

오향을 넣어 달인 간장에 고기를 삶으면 고기의 껍질 부분에 있는 젤라틴이 녹아내리면서 간장에 섞이는데 이를 차갑게 식히면 굳어서 짠슬이 된다. 그래서 실제로 고기에 밴 향보다 짠슬의 향과 풍미가 훨씬 더 강하고 좋다. 오향장육은

주방장에 따라 그 맛이 천차만별이기 때문에 짠슬이 맛있는
집이 오향장육을 잘하는 집으로 손꼽힌다.

굴과 미역을 넣고 물 전분을 탄 계란탕(미역국이 아니다)을
그릇째 마신다. 아련한 굴 향과 계란의 향이 뒤섞여 묘한 풍
미를 준다. 조금은 간이 강하게 된 계란탕의 맛에서 대륙의
흔적도 엿볼 수 있다. 앞접시에 고기를 덜고 부추간장 절임과
오이, 양배추를 한 겹씩 쌓는다. 그리고 그 위에 짠슬 한 덩이.
대문점의 짠슬은 워낙 부드러워 조금만 젓가락에 힘이 들어
가면 바로 갈라져 버리니 주의해야 한다.

불안정한 젓가락질이지만 혼신의 힘을 다해 오향장육을
입에 밀어 넣었다. 순간 입안으로 퍼지는 부추 향과 간장 향!
그리고 바로 이어 올라오는 양배추와 오이의 향이 참 좋다.
그 뒤를 이어 장육의 퍽퍽한 식감이 짧게 느껴지는가 싶었는
데, 갑자기 입안을 짠슬의 향과 맛이 강력하게 지배한다. 마
치 입안에서 향신료의 태풍이 몰아치는 것과 같다. 누군가 휙
던져 놓은 것만 같은 느낌이라고 할까. 아, 이래서 다들 짠슬
이 중요하다고 하는 것이구나. 먹어보고 나니 비로소 공감하
게 된다.

십몇 년 전 먹었던 광화문 작은 식당의 오향장육에 대한
기억은 대문점의 오향장육 한 점으로 덮어씌워 버렸다. 마치
PC에서 파일을 덮어쓰기 하는 것처럼 이전의 기억은 순식간

에 온데간데없이 사라져 버렸다. 요즘 유행한다는 포렌식으로도 복구하기는 힘들지 않을까 싶다.

양배추와 오이 마늘 등을 넣고 빼고 하면서 다양한 방법으로 오향장육을 시도한다. 이들 재료의 조합이 짠슬과 어우러져 나만의 변주를 만들어 낸다. 짠슬의 양을 조절하며 반주를 변화시키고, 양배추와 오이 그리고 마늘을 첨가했다 빼면서 멜로디와 화성을 변화시킨다. 그리고 소주 한 잔 입에 털어 넣으며 빠르기까지 변화시키니 이보다 완벽한 변주가 없다. 입안에서 모차르트의 작은 별 변주곡이 들려오다, 파헬벨의 캐논 변주곡으로 바뀌고, 차이코프스키의 로코코 주제의 변주곡으로 마무리가 되는 느낌이다.

잠시 격앙된 감정을 가라앉히기 위해 물만두로 눈길을 돌린다. 이 집의 물만두는 우리가 흔히 볼 수 있는 중국집 물만두와 모양과 맛에서 차이가 있다. 보통의 중국집 물만두는 구형球形이 많은데 이 집은 삼각형 모양이다. 게다가 내부의 고기소가 연한 핑크빛으로 비치는데 모양이 예사롭지 않다.

딱 한입 크기라 통째로 입에 넣는다. 따뜻한 만두의 온기와 고기향, 채소향이 어우러져 있다. 만족스러운 만두 한 입이다. 구수한 참기름으로 코팅된 만두피는 수분을 잔뜩 머금어 입안에서 물고기 한 마리가 파닥이는 것 같은 느낌을 들게 한다. 초배이 같은 막입도 맛과 향 그리고 식감까지 모두 만족하니 이 집 물만두의 수준은 보통이 아니라는 걸 느낄 수 있다.

이 집의 유일한 단점은 소주잔을 너무 빨리 비우게 한다는 것. 저녁 일정도 술 약속이라 무리하지 않으려 했는데 오향장육과 물만두가 너무 많이 남아 어쩔 수 없이 한 병 더 추가했다. '앉은뱅이 술'이라는 말은 들어봤지만 '앉은뱅이 안주'라는 말은 듣지 못했는데 대문점의 오향장육과 물만두에 딱 맞는 말이 될 듯하다. 오늘은 집에 잘 들어갈 수 있을까 하는 걱정부터 앞선다.

대문점의 오향장육 한 접시를 다 비우며 비로소 어른이 되었다는 뿌듯함에 휩싸였다. 다른 이들은 나이 오십에 하늘이 내려준 사명을 알게 된다는데, 나는 오십이 넘어서야 비로소 어른의 영역으로 한 발 들여놓은 듯하다. 한편으로는 뒤늦게 오향장육이라는 음식의 매력을 깨달았다는 데서 깊은 자괴감까지 든다. '지금 알고 있는 것을 그때도 알았더라면'과 같은 후회도 든다. 갑자기 오향장육을 처음 맛본 십몇 년 전의 그 시간으로 돌아가 조용히 그때의 나에게 귀띔해 주고 싶다.

"이젠 어른의 음식을 한번 먹어 봐."

서울 약수동

처가집

60년 넘게 이북식 찜닭을 내온 노포
직접 뽑는 막국수와 두툼한 만두까지
지금까지 몰랐던 이북 음식의 정수를 맛보다

주소   서울 중구 동호로11가길 22
전화번호   02-2235-4589

약수동 뒷골목, 운치 가득한 옛날 집에서 맛보는 이북식 음식이라니. 촉촉하게 삶은 찜닭은 백숙과는 또 다른 맛의 풍경을 보여준다. 슴슴한 맛의 막국수 역시 전국구급이니 그 누가 이 집에 반하지 않을 수 있으랴?

이북 음식들의 특징을 요약하려면 국어사전에도 방언이라 적혀있는 '슴슴함'이라는 단어가 아닐까. 이 단어는 음식을 조리할 때 '양념을 거의 하지 않거나 최소화한다'라는 의미로 대치할 수 있고, '재료 본연의 맛과 식감을 가장 잘 살리도록 조리한다'라고 할 수도 있을 것이다. 내가 자주 찾았던 '이북만두'나 '평안도만두집' 그리고 전국 평양냉면집 어디를 가더라도 이 '슴슴하다'라는 단어를 쓰지 않고선 설명을 이어나갈 수 없다는 공통점이 있다.

이번에 찾은 곳은 10년 넘게 단골로 다닌 서울 약수동의 '처가집'이다. 그야말로 대한민국에 존재하는 이북 음식의 정점이라 할 수 있는 '이북식 찜닭'을 60년 넘게 한자리에서 내는 집이다. 이 집의 외관은 서울 도심에서 영업을 중인 곳이라고는 상상할 수 없을 정도. 마치 우이동 계곡이나 가평 또는 양평에서나 찾아볼 수 있는 백숙집들과 유사하다.

약수동이 현재의 모습을 갖추기 시작한 것은 1990년대 후반에서 2000년대 초중반 사이. 이전에는 약수역 사거리도 지금과는 달리 낮은 건물들이 옹기종기 모여 있던 조금은 덜 개발된 동네였다. 이 인근에는 '만포막국수', '춘천막국수' 그리고 '처가집' 등 이북식 찜닭을 전문으로 내는 집이 몇 곳 있었다. 만포막국수나 춘천막국수는 도로변에 위치해 접근하기도 쉬웠고, 나름 깔끔한 외관을 갖추었지만 왜 그런지 모르게 눈길이 가지는 않았다. 그에 비해 처가집은 찾기가 훨씬 어려운 곳에 위치하고 있다. 아무 생각 없이 걷다가 그냥 지나치기 쉬운 평범한 가정집 같은 외관이다. 아마도 이곳의 이런 점 때문에 더 마음을 빼앗기게 된 것이 아닐까. 옛 직장인 서울시향에서 근무하던 2005년 당시, 광화문에는 구옥을 개조한 식당이 많았는데 회사 동료들과 점심을 하기 위해 자주 찾던 그런 집들과 비슷한 느낌을 받을 수 있어 더 애정이 갔던 것 같다.

거의 4년 만의 방문이었다. 원래 이 집에 들어서면 할머님(원 사장님)이나 아드님이 접객을 해 주었는데, 이날은 할머님이 보이지 않았다. 순간 '혹시?'하는 불길한 생각도 들었지만 일단 간단한 인사와 함께 큰 방으로 들어갔다(이곳은 테이블이 없다).

이 집에서의 첫 주문은 반드시 '이북식 찜닭'이어야 한다.

특별히 다른 메뉴도 몇 없기도 하거니와 찜닭을 먹지 않으면 이 집을 찾을 이유가 없기 때문이다. 주문을 하고 조금만 기다리면 찜닭이 금세 나온다. 잘 삶고 잘 쪄내 기름기가 쫙 빠진 닭고기의 '민낯'을 그대로 볼 수 있는 기회다. 닭을 삶을 때 함께 데친 부추도 한 접시 나오는데, 이 데친 부추가 이북식 찜닭의 또 하나의 특징이다. 적당히 숨이 죽을 만큼만 데쳐, 더 깊고 선명한 색을 품게 된 부추 한 접시가 이렇게 매력적일 수 있다니. 생생한 부추향까지 스멀스멀 코끝을 자극하니 입안에 침이 고인다.

이북식 찜닭은 백숙과 거의 유사하다. 햇빛이 사나운 기세로 온 세상을 뜨겁게 달구는 여름, 특히 그 정도가 가장 심하다는 복날에 사람들이 즐겨 찾는 백숙은 다양한 약재를 넣은 물에 닭을 넣고 삶는 음식이다. 이북식 찜닭은 닭을 삶아 식힌 후 상에 내기 전 다시 쪄내는 음식이다. 이런 과정을 거치다 보니 닭에 있던 기름기는 쫙 빠지고, 증기로 찌는 과정에서 적당한 양의 수분을 머금어 부드러운 식감이 극대화된다. 게다가 한소끔 식은 닭의 살코기는 탄탄함마저 품게 된다. 만드는 과정을 보면 왜 이북식 찜닭이 슴슴할 수밖에 없는지 이해된다.

경상도 출신 아버지와 전라도 출신 어머니 사이에서 태어나 자극적인 맛의 경상도 음식과 풍부한 맛의 전라도 음식을 모두 경험하며 자란 내겐 이 슴슴함이 한때는 절대 이해할 수 없는 맛이기도 했다. 처음 평양냉면을 먹었을 때도, 이북식 만두를 만났을 때도 그러했지만 가장 크게 당황했던 것은 바로 이 집에서 이북식 찜닭을 맛보았을 때였다.

이런 슴슴한 맛에 대한 몰이해를 해결해 주었던 것이 특제 양념장이다. 이 집의 양념장은 굉장히 공을 들인 양념장이다. 간장, 고춧가루, 파, 마늘 등을 잘 배합해 숙성한 양념장을 작은 접시에 덜고, 그 위에 겨자와 식초를 기호에 따라 양을 조절해 섞으면 찜닭과 기가 막히게 잘 어울리는 소스로 다시 태어난다. 자칫 단순하게만 느껴질 수 있는 찜닭의 맛을 입체적으로 변화시켜 준다(기호에 따라 간장을 첨가해도 됨. 단 사장님의 권장은 양념장과 겨자와 식초의 조합이다). 그야말로 '드라마틱한' 변화라는 말은 이럴 때 쓰이는 것이 아닐까.

찜닭에 가려져 많이 알려지진 않았지만, 이 집의 막국수와 이북식 만두도 굉장히 높은 수준을 보여준다. 찜닭을 추가하기엔 음식의 양이 만만치 않아 만두와 막국수를 추가했는데 지금은 찜닭을 먹은 후 반드시 주문해야 할 필수 메뉴가 됐다. 막국수의 시원한 육수도 일품이고, 만두 역시 전형적인 이북식 만두라 소주 안주로도 더없이 좋다. 심지어 물막국수와 비빔 막국수는 둘 중 어느 것을 선택해야 할지 고민하다가 결국 둘 다 주문할 정도로 완성도가 높다.

오랜만의 방문이라 아드님과 꽤 많은 이야기를 나눴는데

요즘은 힘들어서 만두를 내지 못한다고 한다. 그리고 얼마 후면 어쩌면 가게를 접을 수도 있다고 살짝 귀띔해 주었다. "너무 힘들어서"라는 말로 에두르며 짧게 말을 줄였지만 아마도 쉽게 내놓기 힘든 사정이 있는 듯해 보였다.

그나마 다행인 것은 술자리를 마치고 나가는 길에 할머님(원래 사장님)이 나오셨길래(얼마나 다행인지) "할머니 오랜만입니다" 하고 인사드리니 몇 년 만의 방문인데도 얼굴까지 기억해 주셨다.

처가집을 등 뒤로하고 약수역으로 향하는 발걸음이 조금 무거워졌다. 60년을 넘게 이어온 노포가 영업을 중단할 수도 있다는 말을 들은 것이(아직 확정은 아니다), 손가락 끝에 가시가 박힌 것 마냥 계속 신경이 쓰였기 때문이다. 인력이나 운영, 어쩌면 지역 개발의 이슈로 인한 문제일 수도 있겠지만, 그럼에도 불구하고 60년을 넘게 운영해 오던 곳이 흔들리는 모습이 안쓰럽기까지 하다. 아직은 추측과 가정의 영역에 있는 일이기에 단정할 수는 없지만 걱정이 이는 것도 어쩔 순 없다. 할머니가 정정하실 때 바지런히 다녀야 할 듯하다.

툇마루 밑 손님들의 신발까지 가지런히 정리해 주는 이 집 사람들의 마음 씀씀이 때문이라도 애정 할 수밖에 없는 곳이다.

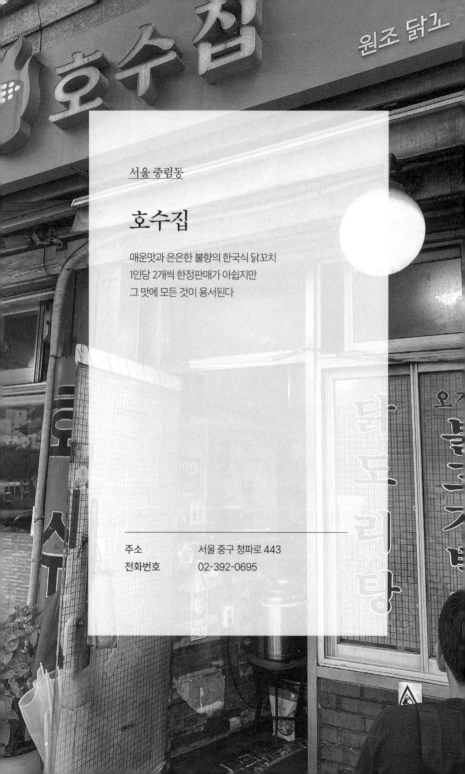

서울 중림동

호수집

매운맛과 은은한 불향의 한국식 닭꼬치
1인당 2개씩 한정판매가 아쉽지만
그 맛에 모든 것이 용서된다

주소   서울 중구 청파로 443
전화번호   02-392-0695

이제껏 먹은 닭꼬치 개수만 50여 개. 육즙 가득한 닭꼬치는 일본 야키도리에 절대 뒤지지 않는다. 닭꼬치를 먹다 보면 어느새 걸쭉하게 졸아든 닭도리탕도 무한정으로 소주를 부른다. 봄이 오면 초빼이는 항상 이 집의 닭꼬치가 고프다.

저녁 무렵 서울역 뒤편, 중림성당을 지나 어슬렁거리며 걷다 보면 어디선가 불향이 스멀스멀 올라오며 코를 자극한다. 약간 매운 양념을 바른 무언가를 불에 굽는 그런 냄새다. 정체를 알 수 없지만 왠지 익숙한 양념이 불에 타면서 나는 단맛과 매운맛 그리고 고소하기도 한 불향이 한데 얽히고설켜 가뜩이나 술에 고픈 초빼이들을 유혹한다. 그 냄새를 따라 조금만 더 걸어올라 가면 초저녁부터 사람들이 엄청나게 웨이팅 하고 있는 모습을 보게 되는데 그곳이 바로 이 냄새의 발원지이다.

제사상에 올리는 산적 꼬치를 제외하고 우리가 '꼬치'라는 음식을 만날 수 있는 곳이라면 지하철역 출입구의 천 원짜리 간식용 꼬치집에서부터 서민들의 취향이 한껏 녹아있는 '투다리' 류의 선술집 형 꼬치집들 그리고 한때 일식 로바타야키

계를 휩쓸며 위용을 과시하던 이태원과 강남의 일본식 꼬치 집('유다'밖에 기억이 나지 않는다) 등의 세 부류가 대부분이지 않을까 싶다.

서울역 뒤편에 자리한 '호수집'은 이 범주에 속하지 않는, 조금은 낯선 한국식 음식점인데, 특이하게도 닭꼬치를 전문으로 한다. 꼬치 이외에는 닭도리탕(요즘은 닭볶음탕이라는데 그렇게 부르면 맛이 나지 않는 것 같아서 이렇게 썼다)과 오삼불고기, 오징어불고기 정도가 안줏거리로 갖춰져 있다. 결국 무언가에 매운 양념을 해서 볶거나 직화에 구워내는 게 전문인 식당이라는 것.

이 집 메뉴 중 가장 인기 있는 것은 1인당 2개씩만 한정 판매하는 닭꼬치다. 아마도 이 집 닭꼬치는 한국식 닭꼬치 중에는 최고라고 해도 아무도 이의를 달지 않을 듯싶다.

이 집은 최근에 다니기 시작한 곳인데, 몇 년 전부터 가보려고 꽤 많이 시도했지만 내 천성적인 게으름 때문에 미루고 미루다 4~5년 전 처음으로 찾았다. 근래에는 〈수요 미식회〉에 나오고 나서 유명해지는 바람에 웨이팅이 장난이 아닌 곳이 되어 버렸다. 이 집을 알려준 다른 술꾼 친구 말로는, 방송 전에도 사람 많이 가는 곳이기도 했지만 방송 후에는 대기 줄이 두 배 이상 늘어났다고 한다.

내가 이 집에서 기억하는 것은 딱 두 가지 메뉴다. 닭꼬치와 닭도리탕이다. 지금까지 내가 이 집에서 먹은 꼬치의 개수는 50여 개이지만, 이 집의 닭꼬치를 먹을 때마다 '어떻게 닭꼬치를 이렇게 맛있게 구워낼 수가 있지?' 하는 의문과 경외심이 함께 든다.

양념은 매운맛이 그렇게 강하지 않지만, 빛깔은 또 매운맛을 자연스레 연상하게 만드는 색을 고스란히 간직하고 있어 시각을 자극한다. 많이 달지도, 자극적이지도 않은 양념 맛이 닭고기와 잘 어우러져 전혀 튀지도 않는다. 구우면서도 수분도 잘 지켜 내어 퍽퍽하지 않아 풍성한 육즙을 가득 느낄 수도 있다. 한 입 베어 물면 부드러운 닭고기의 질감을 생생히 느낄 수 있다. 그만큼 신선하다는 말이기도 하다. 닭꼬치가 나오면 짐승처럼 달려들어 일단 먹고 시작하다 보니 처음 나온 상태의 닭꼬치 사진이 없다(이런 집이 몇 군데 있다).

내게 이 집의 닭도리탕은 닭꼬치를 먹기 위해 주문하는 '부가 안주'의 성격이 강하다(달리 말하자면, 그만큼 호수집의 닭꼬치가 압권이라는 말이다). 닭도리탕은 국물이 많은, 조림보다 탕에 더 가까운 형태다. 이 닭도리탕을 맛있게 먹으려면 약간의 인내가 필요하다. 끓자마자 바로 먹는 것보다는 한소끔 끓어오른 후, 불을 조금 줄이고 국물이 졸아들 때까지 기다리는 것이 좋다. 국물을 한 숟가락 뜰 때 조금은 걸쭉한 상태일 때가 가장 맛있을 때인데, 이때 맛을 보면 고추장찌개나 떡볶이 맛이 난다. 탕 속에는 다양한 채소와 버섯이 들어있는데 특히 반으로 잘라 넣은 깻잎 뭉텅이가 신의 한 수다. 매운 맛에 향신료 같은 상큼한 맛을 더해 음식을 더욱 입체적으로 만들어 준다.

결론적으로 이 집 닭도리탕은 완성된 형태가 아닌, 완성되고 있는 '진행형'의 형태로 손님에게 내는, 먹는 데 시간이 좀 필요한 음식이다. 동행들과 이런저런 얘기를 나누고, 닭꼬치를 먹으면서 술 한잔 들이켜다 보면 어느새 걸쭉해진 닭도리탕이 완성되어 있는 것을 발견할 수 있다.

하지만 언제나 1인당 2개로 한정하는 닭꼬치의 수량이 아쉽다. 워낙 닭꼬치를 찾는 사람이 많고, 주문 후 구워내는 시간이 일반 꼬치에 비해 오래 걸리다 보니 이해가 안 되는 것도 아니다. 오죽했으면 나이 든 아재의 오지랖으로 전라도의 오래된 노포 고깃집에서 쓰는 대형 화로를 구입해 드리고 싶다는 생각까지 했을까. 2~3미터의 길이로 화로를 늘이고 연탄 화구를 3~4개 더 배치하면 적어도 지금보다 3~4배 이상 더 많은 닭꼬치를 구워 낼 수 있을 텐데 하는 아쉬움에서였다. '1인당 2개'라는 간에 기별도 가지 않는 양만 고집하니 닭꼬치에 잔뜩 몸이 달아오른 욕심많은 초뻬이의 투덜거림이 선을 넘게 되었다. 마치 과유불급이라는 말을 음식으로 가르치고 있는 듯한 느낌이다. 하지만 '호수집'의 닭꼬치라면 미친 듯이 '과유'하고 싶다.

봄바람이 선선하고 야장 하기 좋은 날씨가 되면, 불현듯
한 손엔 맥주잔을 들고 다른 손엔 닭꼬치를 들고 있는 초뻬이
의 모습을 떠올리게 된다.

서울 공덕동

원조신촌설렁탕

63년 업력의 내장곰탕 노포
소양과 내포, 당면과 밥이 만들어내는 거칠고 야성적인 맛
서울식 깍두기로 화룡점정 하다

주소	서울 마포구 마포대로14길 16
전화번호	02-712-3300

신선한 재료와 노련한 토렴 실력이 만들어내는 아우라. 내장곰탕의 또 다른 변주를 느껴보시길. 평양집의 내장곰탕과 가는 길은 달라도 그 끝은 같은 곳이다. 한 입 떠먹으면 나도 모르게 소주 한 병을 외칠 수밖에 없다.

이 집을 가기 위해서 신촌으로 가면 큰 낭패를 보게 된다. '원조신촌설렁탕'이라는 이름을 가지고 있지만 가게는 마포구 공덕동에 있다. 공덕역에서 내려 5번 출구로 나와 7~8분 정도 다리품을 팔면 공덕동 성당에 다다르는데 바로 맞은편에 이 집이 있다. 멀리서 바라보면 오래된 옛날식 간판이 눈에 딱 들어온다. 1960년에 개업하여 현재까지 63년간 운영해온 집이다.

원조신촌설렁탕에 도착한 시간은 오후 3시쯤. 점심시간의 번잡함을 피해 여유 있게 음식을 즐기기 위해 일부러 이 시간을 택했다. 이곳은 이미 많은 사람들이 드나들며 다양한 음식 이야기를 남긴 곳이었지만, 메뉴를 고르는데 오히려 더 많은 시간을 들여야 했다. 어떤 이는 설렁탕을, 어떤 교수는 도가니탕을, 또 어떤 인플루언서는 내장곰탕을 최고의 메뉴라 격

찬하는데 도대체 무엇을 선택해야 할지 쉽게 결정하지 못했기 때문이다.

이럴 경우 보통 그날의 촉을 따르는 게 맞는지라 메뉴판으로 향하던 시선을 과감히 접고, 내장곰탕을 주문했다. 매장 내부는 노포스러운 분위기로 가득하다. 오래된 선물에서 쉽게 찾을 수 있는 바닥과 벽이지만, 테이블과 의자는 최근에 교체를 했는지 조금은 신식 느낌이 난다. 그렇다고 겉도는 느낌은 아니다. '필동면옥'에 가면 느낄 수 있는 딱 그 정도 느낌이다.

내장곰탕이 먼저 나왔다. 토렴 된 국밥 한 그릇이 테이블 위에 올라오는 순간 마음이 착 놓인다. 냉큼 수저를 들어 국물 한 숟갈을 입에 넣는다. 그 순간, "사장님 소주 한 병 주세요!" 하는 말이 조건반사적으로 튀어나온다. 하지만 결코 의도하지 않은, '자연 반사행동'일 뿐이다. 왜, 앉은 상태에서 나무망치로 무릎을 톡 치면 내 의지와 상관없이 바로 다리가 펴질 때 드는 그런 느낌 있지 않은가. 이런 국밥을 보면 소주 한 병 떠올리는 것이 '아재의 이치'일 것이다.

플라스틱 뚝배기에 담긴 파를 조금 과하다 싶을 정도로 덜어 올린다. 파의 푸른색이 국물 표면에 떠 있는 고추기름의 붉은색과 선연한 대비를 이루며 음식을 더욱 맛있게 보이게 한다. 숟가락을 그릇 안에 넣고 휘저으니 다양한 부위의 소

내장과 밥, 그리고 당면이 함께 올라온다. 아참, 잠시 잊고 있었다. '그래 이 녀석은 곰탕이었지.' 육개장 같은 화려한 겉모습에 잠시 현혹되어 이 녀석이 곰탕이었다는 사실을 망각하고 있었던 것이다.

내가 처음 제대로 된 내장곰탕을 맛본 것은 앞서 소개한 삼각지에 있는 '평양집'에서였다. 차돌과 양을 충분히 구워 먹은 후 후식으로 먹을 겸 내장곰탕을 아무 생각 없이 주문했는데, 그 집에서 인생 내장곰탕을 만난 것이다. 부드러운 국물과 양질의 소내장이 어우러져 만들어 낸 합에서 '내장곰탕의 정도正道는 이런 것이구나.' 하는 깨달음을 얻었다. 내장곰탕의 신세계를 접한 것이었다. 그런데 이 집의 내장곰탕은 평양집의 그것과는 또 다른 장르라고 할까. 평양집의 내장곰탕이 하이든과 모차르트의 고전주의 음악을 듣는 느낌이라면 이 집의 내장곰탕은 베토벤을 거쳐 슈만, 슈베르트 등으로 대표되는 낭만주의 시대의 음악을 듣는 것 같았다.

적절한 표현일지 모르겠지만, 부드러우면서도 거칠고 야성적인 느낌이 뚝배기 안에 모두 어우러져 있었다. 이런 느낌은 곰탕의 표면을 가득 채우고 있는 고추기름의 역할이 클 것인데, 파를 듬뿍 넣게 되면 거칠음이 진득하고 알싸한 이 파향과 만나면서 더욱 증폭된다. 이 느낌을 온전히 받아들이기 위해선 도저히 소주를 곁들이지 않을 수 없다. 뚝배기 가득

들어 있는 소양과 내장이 소주 한잔을 필수조건으로 만드는 것이다.

자칫 밋밋해질 수 있는 곰탕의 맛에 입체감을 더하고 한결 풍성하게 만드는 것은 고추기름이다. 소양과 내포의 신선함과 쫄깃한 식감이 좀 더 확연하게 치고 올라올 수 있도록 도와주는 조력자 역할도 충실하게 한다. 자칫 흐트러질 수 있는 맛의 중심을 잡아주는 것은 가장 밑에 깔린 당면과 밥 알갱이다. 폭주할 수 있는 소 내장의 기운을 국물 가득 품은 당면과 밥 알갱이가 부드럽게 감싸안아 주는 것이다. 이렇게 잘 어우러지는 맛의 조화를 어떻게 찾아냈는지 정말이지 신기할 정도다. 이런 면에서 보면 좋은 음식점의 음식은 연금술로 만들어 낸 황금과 같다는 생각도 들게 만든다.

곰탕과 설렁탕을 먹을 땐 깍두기와 김치의 역할도 상당히 중요한데, 이 집의 김치와 깍두기도 역시 그 역할을 충실하게 해내고 있다. 내장곰탕 위에 명확한 점 하나를 찍어 맛을 완성한다. 서울식 김치와 깍두기의 그 상대적인 밋밋함이 역설적으로 빛을 발하는 것이다. 음식의 색상과 맛이 그렇게 훌륭할 수 없다.

결국 폭주하고야 말았다. 이 집을 찾은 날 저녁, 지인들과 술 약속이 있었는데도 불구하고 내장곰탕에 소주 두 병을 순식간에 비워버린 것이다. 저녁 술자리에서 장렬히 전사한 후 올라탄 전철에서 푹 주무시다 인천역까지 그대로 직진해 버리고 말았다. 맞다, 그 차이나타운이 있는 인천역이다.

아무튼 이날은 저녁 일정에 앞서 혼자 찾는 바람에 메뉴에 있는 수육을 주문하지 못한 게 아쉬웠다. 다음번 방문엔 지인들과 함께 와서 수육도 한번 시도해 봐야 할 듯하다. 워낙 이집 수육에 대해서 호평이 많아 그냥 지나치지는 못할 듯한 느낌이 든다.

서울 다동

무교동북어국집

대한민국 북엇국의 교과서
사골 육수에 고스란히 담긴 북어의 진한 맛과 향
직장인의 지친 영혼을 어루만지는 따뜻한 북엇국 한 그릇

주소   서울 중구 을지로1길 38
전화번호   02-777-3891

11시 30분이면 직장인들을 좀비처럼 모여들게 하는 마성의 북어 해장국. 그윽한 북엇국 한 그릇에 마음이 너그러워진다. 부추무침과 밥 한 공기로 만들어내는 다양한 변주도 즐겨보시길. 오이지무침은 집에 싸가고 싶을 정도다.

2005년 6월, 서울시향에 입사해 처음으로 맡았던 기획이 '광복 60주년 기념 음악회'였다. 총예산 5억 원, 예상 관람객 2만 명의 초대형 야외 음악회로 당시 재단법인으로 새로 출범한 서울시립교향악단을 서울 시민들에게 처음 선보이는 자리였다. 그 무렵 나는 사무실이 있던 세종문화회관에서 서울시청 광장과 서울시청 별관 문화과를 하루에도 몇 번씩 드나들어야 했다.

막상 업무를 맡았을 땐, 음악회가 열리는 날까지 채 한 달도 남지 않은 상태였다. 하지만 포스터도 만들어지지 않았고 대행업체 선정도 이뤄지지 않았으며, 상위 관청이었던 서울시는 매일매일 상황점검 회의를 열어 무지막지한 스트레스를 안겨주었다.

낮에는 오케스트라 관계자와 서울시 담당 공무원 그리고 행사 스텝들과 엄청나게 싸웠고, 밤이 되면 좀비처럼 술집으로 기어들어가 낮 동안 응어리졌던 마음을 술로 풀었다. 매일 매일 이러기를 반복하던 그때, 지치고 상처받은 내 몸과 마음을 치유해 주던 집이 있었으니, 아시는 분들은 모두 다 아실 만한 해장국집, 바로 '무교동북어국집'이 그곳이다. 북엇국에 대해서만큼은 교과서처럼 여겨지는 곳이기도 하다.

이 집은 국내산 한우를 우려내 만든 육수를 기본 베이스로 사용한다. 그래서 북엇국 국물이 설렁탕처럼 진하고 뽀얗다. 육수가 완성되면 주방 앞에 있는 솥으로 옮기고, 북어(머리와 몸통도 포함)와 두부 등을 넣어 오랫동안 다시 끓인다. 이 과정에서 북어의 진한 맛과 향이 육수에 고스란히 담긴다. 이 모든 과정을 거치고 나서야 무교동북어국집의 북엇국은 완전체의 형태로 세상에 나오는 것이다.

북엇국은 나오는 대로 먹어도 그 맛이 훌륭하다. 가장 일반적인 방법은 북엇국에 공깃밥을 말아 먹은 후 추가로 건더기와 국물 그리고 밥을 반 공기 정도 더 시켜서 국물에 부추무침을 넣어 먹는 것. 식사량이 적은 분들은 공깃밥을 말고 반만 먹은 후 부추를 추가하기도 한다.

하지만 이 집의 매력은 취향에 따라 먹는 법을 다양하게 변주할 수 있다는 것이다. 오랜 시간 한자리에서 문을 열고 있다 보니(지금 자리에서는 1974년부터 영업 중) 북엇국을 나름의 방식으로 다양하게 즐기는 분들도 많다. 오랜 단골들은(2005

년부터 다닌 나는 단골 축에 끼지도 못한다) '알'(달걀) 하나를 주문한 후 새우젓 등을 추가해 별미로 만들어 먹기도 하고, 밥을 1/2~1/3 정도 남긴 후, 함께 나온 물김치에 말아 먹는 분도 있다. 반 정도 남은 밥에 계란 프라이를 얹고 새우젓과 함께 비벼 드시는 분들도 있다.

다른 노포에 비해서 혼자 식사 하러 오시는 분들이 많은데, 머리가 희끗하신 어르신들이 젊은 손님 속에서 느긋하게 혼밥을 즐기시는 장면도 꽤 볼 수 있다. 2대, 3대를 이어온 단골들도 많은 편이다.

이 집은 한국식 패스트푸드의 전형을 보여준다. 주문하면 맥도널드보다 더 빨리 나온다. 단일 메뉴이다 보니 따로 주문받을 필요가 없기 때문일 것이다. 입구에 자리한 주방에서 끊이지 않고 끓여내는 북엇국을 바로바로 담아내니 가게에 입장한 손님이 의자에 앉기도 전에 음식이 먼저 나와 기다리고 있는 경우도 있다. 빨리 나온다고 북엇국을 대충대충 끓여 내는 것도 아니다. 오랜 시간을 거치며 만들어진 최적화된 서비스 프로세스에서 기인하는 것이다.

이 집의 찬은 기본적으로 테이블에 비치되어 있다. 총 세 가지가 준비되어 있는데 부추무침과 김치 그리고 오이지무침이 몇십 년 동안 변치 않고 자리를 지키고 있다. 이 중에서 개인적으로 가장 좋아하는 찬을 꼽으라면 오이지무침이 아닐까. 아마도 세상에서 가장 완벽한 오이지무침이지 싶다. 전라도 출신의, 손맛이 꽤 괜찮다고 자부하는 내 어머니도 이 집의 오이지무침을 드셔 보신다면 나름 '반성의 시간'을 가지게 될 것이라 단언할 수 있을 정도다.

광화문에서 근무하던 시절, 이 집을 꽤 자주 다니며 점심 때면 줄을 서 있는 사람들을 보며 '북엇국 못 먹어 죽은 귀신이 있나?' 하는 생각도 했고, '이 동네 사람들은 맨날 술만 마시나'라는 생각도 자주 했다. 어디에 이 많은 사람들이 숨어 있다가 점심시간만 되면 한꺼번에 쏟아져 나와 줄을 선다는 말인가. 11시 45분 정도가 되면 좀비들이 건물에서 쏟아져 나오는 듯한 모습을 볼 수 있는데 마치 영화의 한 장면 같다.

현진건의 소설 〈술 권하는 사회〉는 일제에 탄압받는 지성인들이 절망감에 빠져 술에 탐닉하고, 주정꾼이 되는 과정을 묘사하는 소설이다. 소설은 '술 권하는 사회'에 그 책임이 있다고 말하고 있는데, 지금 우리가 사는 이 세상 역시 100년 전 소설 속의 세상과 그다지 달라 보이진 않는다. 조금 다른 게 있다면 지금의 우리에겐 상처 입은 사람들의 마음과 속을 달래주는 이 집의 북엇국이 있다는 것이 아닐까. 나만의 감성에 매몰된 말로 들릴 수도 있겠지만, 이 집 북엇국은 단순한 한 그릇의 해장국을 넘어 몸과 마음의 허기를 달래주는 무언가가 녹아 있는 느낌이다. 이 집의 구수하고 부드러운 국물

속에는 피폐해진 직장인들의 마음을 어루만지고 달래주는 어떤 힘 같은 것이 있다고 믿고 싶다. 그래서 광화문 직장인들의 소울푸드라는 말이 어색하지 않다.

무교동 일대 역시 을지로처럼 거대 자본의 힘에 휩쓸려 사라질지도 모른다. 사실 이 정도의 위치라면 서울이 아니라 우리나라 전체에서도 손꼽을 수 있는 금싸라기 땅이다. 그래도 이 집은 그런 시련을 이겨 내고 100년을 훌쩍 넘기는 가게로 남아 주시길 간절히 빈다. 초빼이 중의 한 사람으로서, '북엇국 러버'로서의 간절한 바람이다.

서울 퇴계로

동원집

마그마처럼 끓어오르는 진득한 감자탕 한 그릇
그 시절 최고의 가성비를 갖춘 안주이자 밥 한 끼
지금도 푸짐한 술자리를 위한 마음 편한 노포

주소   서울 중구 퇴계로27길 48
전화번호   02-2265-1339

을지로 시절, 골목을 메웠던 돼지 뼈 삶는 냄새는 사라졌지만, 뼈에 붙은 고기만으로도 포만감을 느낄 수 있던 커다란 뼈다귀의 위용은 여전하다. 첫맛은 얼큰하면서도 뒷맛은 깔끔한 국물은 오직 동원집만의 그것.

음식을 둘러싼 많은 논쟁은 항상 있어 왔지만, 내가 관심 있게 보는 논쟁은 '감자탕'이라는 명칭의 기원과 '감자'라는 말의 뜻이 무엇인지에 대한 것이다. 이런 논쟁은 때론 음식을 먹고 즐기는 것보다 더 흥미롭다. 한식진흥원에서 펴낸 『맛있고 재미있는 한식 이야기』 「감자탕」 편에서는 '감자탕'이라는 명칭이 1) 돼지 등뼈에 든 척수를 '감자'라고 한 데서 유래했다는 설과 2) 돼지 등뼈를 부위별로 나눌 때 감자뼈라는 부분이 있는데 이를 끓여서 '감자탕'이라고 불렀다는 설이 있다고 하면서 "감자가 통째로 들어가 '감자탕'이라는 불린다고 아는 사람들이 더 많다"라고 설명하고 있다.

한편 푸드 칼럼니스트 황교익 선생은 "1980년대 사용하던 감자뼈다귀해장국, 감자뼈다귀탕이란 말이 줄어 '감자탕'(감자국)이 되었다"라고 설명하고 있고, 셰프이자 음식 저술가인 박찬일 선생은 "감자뼈는 없다"라고 하며 "감자를 넣어 만든

탕이라 감자탕"이라는 설명에 더 힘을 싣는다. 그는 감자탕이라는 음식이 원래 '감자국'이라는 이름으로 실비집이나 식당에서 뚝배기에 담아내는 안주 겸 음식이었는데, 나중에 전골냄비 등에 담겨 나오며 '탕'이라는 명칭이 붙었다고 정리한다.

퇴계로에는 이런 감자국을 내는 전설과 같은 집이 있었다. 바로 '동원집'이다. 1987년 개업해 40년 가까이 을지로를 찾는 초삐이들의 아지트 역할을 했다. 동원집 역시 을지로 개발 열풍에 휩쓸려 2022년 충무로 '사랑방 칼국수' 옆으로 이전했다. 동원집에는 구석구석마다 내 옛 직장 동료들과 친구들, 그리고 대학원 동료들과의 추억들이 묵은 먼지처럼 쌓여 있는데, 가게를 접지 않고 이전만 하셨으니 얼마나 다행인지 모른다. 물론 동원집 사장님은 내 얼굴을 기억 못 하시겠지만 말이다.

내가 감자탕이라는 음식을 처음 만났던 건 스무 살 무렵이다. 그 당시 감자탕은 최고의 가성비를 갖춘 안주였다. 가벼운 주머니의 20대 청춘들에게 감자탕은 소주와 밤새 함께 할 수 있는 안주였다. 칼칼하면서도 묵직한 국물은 굉장히 훌륭한 안주이면서 동시에 해장국이었다. 우리는 술을 마시면서 깼다. 당시 유명했던 응암동 감자탕 골목에서 지샌 밤이 몇 날인지 기억이 나지 않을 정도다.

서른이 넘어서의 동원집은 저렴한 안주를 푸짐하게 내주

는 집이기도 했고, 배불리 한 끼를 때울 수 있는 밥집이기도 했다. 감자탕에 든 뼈다귀를 젓가락으로 발라 먹으며, 뼈에 붙은 고기만으로도 충분히 포만감을 느낄 수 있다는 것을 깨닫게 해준 집이 바로 동원집이다.

점심 무렵 동원집 앞을 지나갈 때면 잘 삶은 돼지 뼈 냄새를 맡을 수 있는데, 나는 이게 너무 좋다. 좁은 골목을 가득 채우는 돼지 뼈 삶는 냄새는 대낮부터 사람의 마음을 괜히 싱숭생숭하게 만든다. 을지로 시절, 동원집이 있던 건물은 워낙 협소해 한 테이블에 세 명 이상이 앉는 것도 불편했지만, 그 불편함을 삼십만 번 정도는 감내할 수 있었던 이유는 순전히 그 돼지 뼈 고는 냄새 때문이었다.

진득한 감자탕 국물이 폭발 직전의 마그마처럼 벌겋게 끓어오르기 시작하면 수북이 쌓인 등뼈를 헤집고 국물부터 앞접시에 부어 마신다. 굉장히 깔끔하면서도 얼큰한, 그렇다고 참을 수 없을 만큼 무작정 매운 것만은 아닌, 동원집 특유의 감자탕 국물이다. 등뼈에 붙은 살은 두툼하고 푸짐하다. 잡내도 하나 없어 돼지고기 특유의 냄새를 싫어하는 사람도 쉽게 먹을 수 있다. 이는 테이블의 회전이 빠르고 많은 손님들이 찾아 신선한 재료를 사용할 수 있어 가능한 부분이다.

을지로 시절에는 줄을 서 있으면 가게 외부에 걸어둔 솥으로 왔다 갔다 하시며 국물과 등뼈를 퍼 나르는 사장님의 모습을 볼 수 있었는데, 새로 이전한 퇴계로 매장은 주방을 확장해 그 모습을 더 이상 볼 수 없어 아쉽다. 고기 뼈 삶는 냄새와 함께 가게 입구의 가마솥에서 감자탕을 퍼 나르는 사장님의 모습 역시 동원집의 트레이드 마크였는데 말이다.

그 대신 테이블 숫자는 줄었고 실내는 깔끔해지며 조금 더 넓어졌다. 예전의 복잡했던 메뉴도 단순하게 정리가 됐다. 식사류로 있던 1인분 메뉴는 모두 없어졌고 술국 메뉴도 사라졌다. 감자국과 순댓국 2종에, 크기는 '대'과 '중'으로 정리됐다. 머릿고기도 '머리 모둠'이라는 이름으로 대, 중, 소로 구분해 팔고 있다. 지금까지 누가 주문하는 것을 한 번도 볼 수 없었던 '홍어 사시미'와 '홍어 삼합'도 사라졌다.

머리 모둠은 조리법뿐만 아니라, 외형에도 많은 변화가 있었다. 손님 상에 내기 전 계속 데우고 있다가 내느냐 아니면 익힌 후 식혀서 내느냐의 변화인데, 개인적으로는 머릿고기나 순대 등은 열기가 한소끔 빠져나간 후가 질감이나 맛이 더 낫다고 생각하는 편이라, 내게는 긍정적인 변화로 다가왔다. 이런 변화는 매장을 이전하면서 주 고객층의 연령대가 낮아지면서 생긴 변화일 것이다. 식혀서 나온 머릿고기는 조금 잘못 조리하거나 오래된 고기를 사용하면 돼지고기 특유의 잡내가 날 수 있는데, 이런 부분이 없는 걸 보면 고기 질에서도 더 과감하게 업그레이드한 것으로 보인다.

식당의 메뉴도 시대의 흐름과 손님의 취향에 맞게 변할 수 있다는 관점에서 보자면, 이번 메뉴 정리는 긍정적으로 평가할 만하다. 예전 메뉴는 조금 복잡했다고 느꼈던 것이 사실이다. 잘 운영되는 가게들을 보면 단순하다 싶을 정도로 메뉴를 정리한 곳이 많은데, 이는 고객 입장에서는 음식을 쉽게 선택할 수 있고, 식당 입장에서도 음식 준비에만 더 집중할 수 있으니, 시간과 정성을 더 들일 수 있다는 뜻이리라.

을지로가 개발되며 사라진 노포들을 보며 많이 안타까웠다. 구도심 개발 열풍으로 인한 젠트리피케이션은 노포들에게 직격탄으로 작용해 많은 가게들이 폐업하거나 이전해야했다. 노포에 대한 기억을 인생에서의 중요한 추억으로 간직하고 살던 사람들이 겪는 상실감도 어쩌면 피해일 수 있다. 가족과 함께 좋은 시간을 보냈거나, 소중한 사람과의 추억이 남아 있거나, 지치고 힘든 직장 생활 중 동료들과 나누던 위로의 기억들이 한번에 사라지는 것이기 때문이다. 노포를 '공공재'라고 하는 있는 것도 이런 이유 때문이 아닐까.

다행히 동원집은 살아남았고, 이전한 장소에서 새로운 역사를 만들어 가고 있다. 나 역시 이 집에 깃들어 있는 많은 추억들이 조금 더 그 생명을 연장할 수 있음에 감사하고 이 집을 더 자주 찾으려 마음먹는다.

서울 광화문

안성또순이

서울에서 맛보기 힘든 진짜 생태탕
싱싱한 생태와 야채가 어울려 만들어내는 칼칼한 맛
수제 동그랑땡과 보쌈도 수준급

주소	서울 종로구 경희궁길 18
전화번호	0507-1483-5670

광화문 한복판에서 누리는 생태탕과 대구탕의 참맛. 큼직한 두부와 신선한 야채, 뽀얀 생태 속 내장이 냄비 안에서 빛난다. 동그랑땡도 곁들이면 좋다. 이 집에 올 때마다 모든 음식은 추억이 있어 더 맛있다는 걸 느낀다.

20대에 고향을 떠난 후, 오랜 타지 생활을 하며 많은 사람과 만나고 헤어지는 일을 반복하며 살아왔다. 그 수없는 만남과 헤어짐 중에서도 기억 속 지워지지 않는 몇 분이 있는데, 그분들은 긍정적이든 부정적이든 내 삶에 큰 영향을 준 분들이다. 그분들 중에서 가장 첫 번째 분을 운명적으로 만난 것이 서른 중반쯤의 어느 날이었다.

그분은 내가 공채 1기로 입사했던 기관의 초대 대표로, 당돌함이 극에 달했던 청년의 시건방짐마저도 온화한 미소로 품어 주셨다. 그분을 만난 후 나는 삶을 더 넓은 시각으로 바라볼 수 있게 됐고, 사람을 진정성 있는 태도로 대할 수 있게 되었으며, 조금 더 진중한 삶의 태도를 가질 수 있었다. 그분께는 지금까지 감사 인사 한마디도 제대로 드리지 못했지만, 아직도 마음속 깊이 감사의 말을 간직하고 있다.

그분은 오랜 연륜이 얼굴에 차곡차곡 쌓여 중후한 멋도 있으셨고, 사적인 자리에서는 짓궂은 농담도 던지며 직원들이 웃을 수 있도록 배려하는 섬세함도 가지고 계셨다. 국내 굴지의 금융그룹 회장님 출신답게 세상의 많은 현상을 숫자로 계산하기를 즐기셨고, 양복 재킷 안주머니엔 수첩을 넣어 다니면서 세세한 것들까지 메모하던 습관도 지니고 계셨다.

광화문의 오랜 노포 '안성또순이'는 그분께서 즐겨 찾으시던 집으로 직원들도 자주 데리고 다니셔서 나도 꽤 자주 갔다. 지금은 신문로 2가, 성곡미술관으로 오르는 길에 자리 잡고 있지만 불과 17~18년 전만 해도 이 집은 교보문고 뒷골목에 자리 잡고 있었다. 교보문고 일대가 지금과 같은 현대식 건물들로 채워지기 전, 그 골목은 광화문에 적을 둔 많은 직장인들이 즐겨 찾던 곳이었다. 오랜 관록을 자랑하는 다양한 음식점과 술집들이 늘어서 있어 아무 집에나 들어가도 실패할 일이 없던, 그야말로 '약속의 땅'과 같았다.

지금은 미 대사관 일대와 종각 일대의 개발로 광화문을 지키던 기라성 같은 음식점들이 거의 사라졌지만, 안성또순이는 신문로로 장소를 옮겨 계속 영업해 왔다. 그야말로 '또순이'처럼 살아남았다.

안성또순이는 생태탕과 대구탕으로 유명한 곳이다. 오랜 시간 자취생활을 해 왔던 내게 생태탕은 곧잘 해 먹던 동태탕과는 전혀 다른 의미의 음식이었다. 고만고만한 동태에 비해

두 세배는 더 커 보이던 이 집의 생태는 살을 발라내어 입에 넣고 썹을 때 느껴지는 식감 자체가 동태와는 전혀 달랐다. 물론 서울 시내의 유명한 동태탕 집 음식이 나쁘다는 것은 아니지만, 생태탕은 당시만 해도 서울 시내에서 잘하는 곳을 만나기 어려웠던 음식 중 하나였다.

낮고 넓은 바닥의 전골냄비에 야채와 잘 손질된 생태 토막을 넣고 큼직하게 썬 두부를 이쁘게 담아내던 안성또순이의 생태탕은 꽤 인상적이었다. 게다가 사장님의 손맛이 워낙 좋아 함께 내는 찬들도 모두 좋았고, 추가로 주문하던 수제 동그랑땡이나 보쌈도 웬만한 전문점보다 맛있어 술 한잔 걸치기엔 정말 기가 막힌 집이었다. 가끔 매콤한 국물을 급하게 들이켜다 사레가 들 때도 있었는데, 시원한 서울식 물김치 국물을 한 모금 들이마시면 금세 진정되곤 했다. 그 정도로 찬 하나하나 허투루 여길만한 것이 없었다.

서울시 산하기관을 떠나 문체부 산하기관으로 직장을 옮기게 되며 한동안 찾지 못하다가 얼마 전 대학원 친구들과 이곳에서 모임을 하게 됐다. 6시 퇴근 시간이 되자 근처 직장인들은 몰려드는 건 여전했다. 손님들을 면면히 살펴보니 대부분이 아재들이다. 그야말로 산천은 의구한데 인걸은 늙어 버렸다. 30대 때 이곳을 찾던 나도 이젠 쉰을 넘겨 머리가 희끗희끗한 중년이 되어 앉아 있다.

생태탕 냄비를 불에 올리고 조금 기다리면 끓기 시작한다. 생태탕은 매운탕과 맑은탕을 선택할 수 있는데, 나는 이 집에서는 항상 매운탕을 선택한다. 적당히 칼칼한 양념이 생태 살에 잘 스며들어 소주 한잔하기에 딱 좋기 때문이다. 탕의 제일 윗부분은 초록색 모자를 얹은 듯 쑥갓으로 덮여 있는데 국물이 끓기 시작하면서 은은하게 퍼지는 향이 참 매력적이다. 예전보다는 양이 조금 적어진 것 같은 느낌이지만 여전히 사대문 안에서 이 가격에 이 정도 수준의 생태탕을 먹을 수 있다는 것은 이 집을 찾은 사람들만이 누릴 수 있는 특전이다.

조금 야박해진 것이 있다면 공깃밥 가격이 무려 2천 원으로 올랐다는 것. 아직은 2천 원짜리 공깃밥을 아무렇지도 않은 듯 주문할 만큼 돈을 넉넉하게 벌지 못해 조금은 아쉽다. 우리나라의 중심인 서울에, 게다가 서울의 중심인 광화문에 자리한 곳이니 이해를 못 할 부분도 아니다 싶지만, 어느 식당을 가든 공깃밥은 마음껏 가져다 먹던 시절을 지내온 사람으로서 그 시절이 그리운 건 사실이다.

옛 추억을 되살리며 수제 완자도 주문했다. 접시에 다섯 개의 완자가 올려져 나온다. 이 집의 완자는 테이블로 오면서 그 존재감을 여실히 드러낸다. 진하고 고소한 기름내가 풍겨 나오는 예전의 그 풍미도 변치 않았다. 두툼하게 잘 구워진 완자를 들고 한 입 베어 물면 '내가 안성또순이에 왔다'라는 사실을 오롯이 실감하게 된다. 생태탕 한 그릇과 완자 하나에 그동안 궁금했던 이 집의 안부가 흔적도 없이 사라진다.

또순이의 생태탕 국물을 한술 뜨다 보니 문득 그분이 생각
났다. 회의 시간이면 깊은 눈빛으로 쳐다보시며 "니는 어떻게
생각하는데?" 하며 진중하게 물어보시던 그 음성도 귓가에
생생하게 맴돈다. 또 카네기홀 콘서트 중 일어난 작은 사고에
맨해튼의 어느 샌드위치 집에서 전 직원들을 불러놓고 혼내
시던 그 새벽의 모습도 아직 눈에 선하다. 굉장히 화가 날 땐
항상 두터운 안경을 벗어 맨손으로 렌즈를 닦으시던 버릇도
있으셨다. 순간 마음이 그리움으로 침잠하기 시작한다. 이곳
의 생태탕은 음식에 대한 기억이 아니라 그분에 대한 기억이
었구나. 이 집을 좋아할 수밖에 없던 것은 그분에 대한 믿음
과 존경 때문이었구나 하는 것을 비로소 깨닫게 된다. 기회가
된다면, 그리고 그럴 수 있는 시간이 온다면, 그분을 모시고
안성또순이에 들러 좋아하시던 생태탕 한 그릇 대접하고 싶
다. 그러면 또 그러실 게다.

"니는 젊은 기 벌써부터 와 그리 머리가 샛노?"

음식 맛은 팔 할이 추억이다.

서울 종로3가

갯마을횟집

봄 매화 꽃잎 같은 감성돔회 한 점
찰기 가득한 극강의 식감과 단맛의 피니쉬
고소한 풍미를 자랑하는 경상도식 막장

주소   서울 종로구 종로16길 32-4 동산빌딩
전화번호   02-2285-4751

감성돔 하얀 살 위에 선명한 붉은 줄 한 줄. 단연코, 초빼이의 고향 마산에서도 이 정도 수준의 감성돔 횟집을 찾기 어렵다. 맨 김과 세모가사리, 경상도식 막장으로 만들어 내는 통영 앞바다. 바다와 몸이 물아일체가 되는 순간을 경험해 보시길.

　서울 을지로는 하루가 다르게 변하고 있다. 거대 자본들에 의해 서울 웬만한 곳들은 다 개발되거나 개발 예정인 요즘, 조명 전문업체와 철공소, 기계 관련 업체들이 차지하고 있는 시내 중심가의 금싸라기 땅을 내버려두기엔 부동산 자본들의 인내심이 강하지 않을 것이다. 이미 을지로 3가와 4가의 낡고 허름한 건물들은 재개발이라는 명목하에 점점 해체되고 사라지고 있다.

　이미 사라져 버린 '을지OB베어'부터 충무로 쪽으로 자리를 이전한 '동원집', 가게 운영을 포기한 '안성집' 등 수십 년 동안 한 자리를 지키며 서민의 삶과 함께했던 노포들은 한겨울의 삭풍보다 더 시린 고난을 온몸으로 맞고 있다.

　을지로의 노포 '갯마을횟집'은 2022년 2월경 종로 3가 쪽으로 자리를 옮겨 새롭게 영업을 시작했지만, 을지로 골목에 따뜻하게 존재하던 허름한 횟집에 여전히 미련이 남은 사람들을 위해, 그리고 갯마을 횟집이라는 노포를 사랑하는 손님으로서의 의리를 지키기 위해 이 글을 쓴다. 소소한 기록이나마 남겨두고 싶은 마음도 있다.

솔직히 말하자면, 경남 마산이 고향인 나는 서울에서 파는 생선과 어패류, 해조류 등에는 관심을 두지 않았다. 집에서 5분만 걸어가면 바다였고, 돌돌 말은 낚싯줄에 미끼를 끼워 던지면 누구나 도다리를 잡을 수 있는 동네에서 유년을 보냈다. 때때로 가족 외식을 위해 회를 먹으러 인근 진동(고현)으로 가면 꽤 씨알 좋은 아나고를 그 자리에서 잡아주던 집들이 널려 있었다. 마산 어시장도 가까워 대합이나 피조개, 꼬막 등의 해산물은 원할 때면 언제든지 먹을 수 있었다. 그러다 보니 웬만한 생선이나 수산물은 눈에 차지도 않았다. 고향에 내려가면 노량진 수산시장의 그것들보다 훨씬 더 좋은 것들을 쉽게 구할 수 있었으니 그런 무관심도 어쩌면 당연한 일이었다. 맛이나 제철과는 상관없이 아무 생선이나 좋다고 비싼 값에 먹는 '서울 촌놈'들에게는 근거 없는 우월감마저 가지고 있었다.

그런 내가 서울에 살면서 열광하게 된 횟집이 딱 두 곳이 있었는데, 종로 아귀찜 골목 구석의 자연산 막회와 백고동 구이, 그리고 과메기가 일품이었던 '영일식당'과 을지로의 철공소 골목의 자연산 감성돔 전문 횟집인 '갯마을횟집'이 바로 그곳이다.

갯마을횟집을 드나들기 시작한 것은 그리 오래되지 않았지만, 첫 방문에 굉장히 좋은 퀄리티의 감성돔회를 만나고 깜짝 놀랐던 기억이 있다. 사실 이 집에 처음 갈 때, 함께 가기로 한 친구와 이 집 주위를 빙빙 맴돌면서 한참 동안 찾지를 못했다. 시골 어촌 마을의 횟집보다 더 허름한 외형을 보았을 땐 입구에서 들어가야 할 지 말아야 할 지 잠시 망설이기까지 했다.

이런저런 우려와 염려를 마음에 가득 품은 채 횟집 한 구석에 앉아 주문을 했다. 감성돔 한 접시를 주문하고 음식이 테이블 위에 올라오는 그 순간까지 오랜만에 '괜찮을까?'라는 고민을 했다. 그러나 그 걱정은 큰 접시에 담겨 나온 감성돔 회를 보자마자 순식간에 사라져 버렸다. 나름 꽤 많은 곳을 여행하며 괜찮은 식당도 많이 다녔다고 생각하지만 이날의 충격은 아직 잊을 수가 없다. 서울 한 복판, 을지로 철공소 골목에서 이런 퀄리티의 감성돔 회를 맞이하다니!

우윳빛 에나멜 접시 위해 가득 담긴 감성돔의 하얀 살, 그리고 한점 한점 화룡점정과 같이 피어있는 붉은 선 한 줄. 마치 어느 봄날 바람에 날려 길에 떨어진 꽃잎을 보는 것 같은 느낌이 들었다. 물기를 잘 닦아낸 감성돔 회는 결 한줄 한줄을 육안으로 확인할 수 있을 만큼 신선했고 찰기마저도 느낄 수 있을 정도였다. 자세히 보기 위해 회 한 점을 들어 올렸는데, 감성돔 껍질 바로 아래 표피 부분이 가늘고 붉은 선처럼 길게 살아 있었다. 붉은색 립스틱을 바른 여인처럼 섹시하게 느껴졌다. 이 집의 감성돔 회는 '진짜'였다.

갯마을횟집이 가장 마음에 드는 점은 '경상도식 막장'을 내준다는 것이다. 이 막장은 잘 담근 된장에 마늘과 청양고추를 잘게 다져 올리고 참기름 약간만 넣으면 될 정도로 만들기도 쉽다. 가끔 된장의 강한 맛과 향이 담백한 생선의 풍미를 가리는 게 아닐까 의심도 하지만, 이 녀석 없이 회라는 음식을 먹기가 꺼려지는 것도 사실이다. 막장을 올린 회를 입에 넣고 조심스레 썹으면 살결 하나하나마다 막장이 스며들어 극한의 고소함과 풍미를 동시에 느낄 수 있다.

또 하나 마음에 드는 것은 다른 채소 대신 내주는 해초인 세모가사리다. 우리나라 사람들이 먹는다는 50여 종의 해초 중 하나인 이 녀석은 더 이상의 설명이 필요 없을 정도로 바다 그 자체를 품고 있다. 입안에 넣자마자 바다 향이 튀어 나오는데, 입안을 쓸어 내는 강렬한 식감 또한 굉장히 거칠게 다가온다. 그리고 이 조합은 김 한 장으로 피니시를 날린다. 김 한 장이 이 모든 조합을 한데 감싸안으며 증폭기 역할을 하는 것이다. 내 기준에서 볼 때 김 자체의 퀄리티는 조금 떨어지지만 기름을 바르거나 소금을 치지 않은 맨 김 형태로 주기 때문에 나쁘지 않다(김에 대한 내 기준이 좀 높은 편이다).

김 한두 장을 손 위에 올린 후 세모가사리로 기초를 쌓고 감성돔회를 한 점 올린다. 여기에 막장을 듬뿍 품은 매운 고추 한 조각을 더 해 쌈을 완성해 입에 넣는다. 입안에서 바다가 춤을 추는 듯한 느낌, 아니 내 몸이 바다가 되는 느낌이다. 물아일체物我一體가 이런 것이지 싶다. 수많은 조사들에게 '바다의 왕자'라고 불리는 그 감성돔이 깊은 바닷속 암초와 해초 사이를 헤치고 나와 비로소 내게 안겨 버렸다.

갯마을 횟집에서 약속이 있던 날은 항상 마지막 전철역(인천역)까지 갔던 것 같다. 한 번은 졸고 있다가 손에 들고 있던 핸드폰도 도난당하기도 했다. 어쨌든 이 집은 이렇게나 위험한 곳이다.

을지로 철공소 골목, 길바닥 가득했던 쇳가루와 프레스 소리가 함께 어우러져 미로를 만들었던 그 골목의 오아시스 같았던 갯마을횟집은 인근에 새 둥지를 틀고 안착했다. 다행이다. 2022년 2월 이후 종각역과 종로3가역의 중간, YBM 시사빌딩 근처로 이전해 영업을 시작했다. 부디 이 자리에서 오랫동안 영업하길 기원한다.

서울 을지로

을지오뎅

찰진 살과 탱탱한 알의 콜라보
톡톡 터지는 식감의 알배기 도루묵구이
히레 정종 한잔에 밤이 깊어간다

주소   서울 중구 수표로 54
전화번호   02-2274-5092

바람이 차가운 날이면 자동적으로 머릿속 한 켠에 떠오르는 집. 따뜻하게 데운 정종 한 잔에 곁들인 알배기 도루묵구이의 정취를 아는 분이라면 언제든지 같이 술자리를 하고 싶다. 계산은 물론 초빼이가, 2차는 골뱅이 집으로!

을지로 명소 골뱅이 골목은 2호선 을지로역 11번 출구를 나와 뒤돌아 올라가면 쉽게 찾을 수 있다. 나도 이십몇 년 전 첫 직장 생활을 시작했을 당시 회사 이사님께 이끌려 거한 낮술을 처음 배웠던 곳이 바로 이곳 골뱅이 골목이다. 1970~80년대 직장인들의(심지어 90년대 직장인들에게도) 휴식처와 같은 이곳은 세계 최고의 소비량을 자랑하는 한국인의 골뱅이 사랑이 시작된 곳이기도 하다.

그러나 여기에서 소개하려고 하는 집은 골뱅이무침 집이 아닌 골뱅이 골목 입구에 있는 작은 오뎅집이다. 전국 최대 규모의 골뱅이 골목 입구에 있는 작은 오뎅집이 뭐 그리 대단할까 싶겠지만, 이 집의 진정한 가치는 간판의 오뎅보다는 삼백만 배는 더 맛있는 '알배기 도루묵구이'에 있다. 기억도 나지 않는 시절부터 다녔던 이 집은 '을지오뎅'이라는 이름이 무색하게 오뎅보다는 잘 구워낸 도루묵구이가 더 많이 팔린다. 이런 까닭에 이 집의 매력이 제대로 드러나는 시기는 무더운 여름보다는 찬바람이 불기 시작하는 초가을부터 겨울까지가 아닐까 싶다.

이 집은 2003년 개업했으니 벌써 20년을 훌쩍 넘었다. 광화문에서 직장 생활을 하며 정말 숱하게 다녔던 선술집 중 한 곳이다. 오랜 웨이팅을 끝내고 문을 열고 들어가면, 내부에서 술잔을 기울이며 이야기에 모든 손님들의 시선이 잠깐 신입 손님에게 쏠렸다가 이내 제자리로 돌아간다. 아주 눈 깜짝할 시간만큼의 적막과 일별, 그것을 느꼈다면 이젠 그 손님들 사이에 끼어도 된다.

사장님께서 지정해 준 자리에 앉아 바로 술과 안주를 주문한다. 이 집에서 첫 주문은 많은 고민이 필요 없다. 도루묵구이로 무조건 시작해야 한다. 허기진 속을 데우고 달래기 위해 따끈한 히레정종도 함께 주문한다. 사장님이 술을 내주며 작은 그릇(때로는 플라스틱 그릇일 때도 있고, 때론 작은 냄비일 때도 있다)도 함께 내주는데, 그 속엔 잘게 썬 실파가 드문드문 들어 있다. 그 그릇에 바로 앞의 오뎅바에서 국물과 주문한 안주가 나오기 전까지 먹을 만큼의 오뎅이나 곤약을 집어 담으면 된다.

구수한 향을 내뿜는 복어 꼬리가 담긴 히레정종으로 살짝 목을 축이는 것으로 잠시 후 내 뱃속으로 들어갈 도루묵들의 명복을 미리 빈다. 그리고 아직 태어나지 못한 톡톡 튀는 작은 알들에게도.

사람마다 취향의 차이가 있겠지만, 싸구려 희석식 소주를 좋아하는 나도 이 집에서만은 히레정종을 찾게 된다. 도루묵 구이에 스며든 불향과 셀 수 없이 많은 도루묵 알의 매혹적인 색상이 이 따끈한 히레 정종의 호박빛 색상과 향에 잘 어울리기 때문이다.

도루묵구이가 나오면 일단 1인당 한 마리씩 개인 접시에 담는다. 그리고 바로 젓가락질을 시작한다. 우선은 알이 없는 등과 꼬리 부분의 살을 떼어 조금씩 입에 넣는다. 적절히 건조해 식감이 살아있는 살결이 입에 착 달라붙는다. 도루묵은 원래 비리지 않은 생선이지만 이 건조 도루묵에서는 더더욱 비린내를 찾기 힘들다.

도루묵구이는 손질이 편하다. 몇 번의 젓가락질이면 능숙한 집도의처럼 뼈와 살을 쉽게 발라낼 수 있다. 그리고 살점한 덩어리를 들어 입안에 넣는다. 조금은 부족하지만 찰진 살결이 이내 혓바닥과 치아 사이에서 탱탱한 식감을 선사하며 줄타기를 하다 식도로 넘어간다. 혀 안쪽에 도루묵 살의 단맛이 길게 남는다.

다음 젓가락은 도루묵 알 한 덩어리. 약간은 진득한 느낌이다. 한 덩어리 잘 떼어서 입에 넣으면, 뭐랄까 톡톡 터지는 식감이 상큼한데 이것이 알배기 도루묵에게서만 느낄 수 있는 독특한 식감이다.

알배기 도루묵구이의 참맛은 도루묵 한 마리에서 느낄 수 있는 극히 이질적인 이 두 가지 맛과 식감에서 찾을 수 있다. 반건조 도루묵의 찰진 살결은 단단하면서도 진한 바다의 풍미를 가득 담고 있고, 작은 공처럼 뭉쳐진 도루묵 알에서는 톡톡 터지는 식감과 더불어 극한의 고소함을 느낄 수 있다. 이질적인 식감과 서로 다른 맛이 이 작은 생선 한 마리에서 동시에 구현되니 도무지 사랑하지 않을 수 없는 별미이다.

이 시간쯤이면 이미 도루묵 접시는 바닥을 드러내고 두 번째 주문에 들어간다. 두 번째 도루묵구이가 나오기 전까지 조급한 마음은 오뎅으로 달래는 것도 이 집의 단골이 되며 터득한 고급 테크닉이다(오뎅은 안타깝지만 품질이 좀 떨어진다. 대신 저렴한 가격이니 꿩 대신 닭의 역할이랄까).

도루묵의 어원을 찾다 보면 조선 또는 고려의 왕이 피난길에 이 생선(목어)을 먹고 '은어'라 이름 붙였다가 전란이 끝난 후 다시 먹고 난 뒤 '도로 목還目魚'이라고 했다는 일화를 찾을 수 있다. 여러 가지 설 중의 하나지만 실제로 그랬을까 의문도 든다. 조선의 왕들이야 팔도에서 진상하는 좋은 식재료의 음식을 많이 접했겠지만, 그렇다고 알배기 도루묵의 톡톡 튀는 이 맛을 그리 폄하할 것인가 싶기도 하다.

적어도 초삐이는 이 녀석의 맛과 식감을 잊지 않고 기록으로 남겨 많은 사람들에게 알릴 생각이다. 그리고 이 도루묵구이를 오랫동안 내오고 있는 을지오뎅도 최선을 다해 기억할 작정이다.

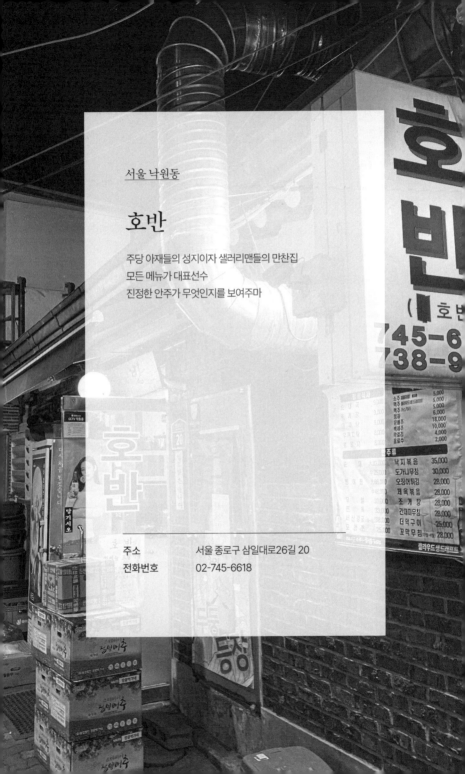

서울 낙원동

호반

주당 아재들의 성지이자 샐러리맨들의 만찬집
모든 메뉴가 대표선수
진정한 안주가 무엇인지를 보여주마

주소   서울 종로구 삼일대로26길 20
전화번호   02-745-6618

🍴 기본 찬인 콩비지와 물김치, 꽁치조림으로 소주 두 병은 너끈히 비울 수 있는
집. 이 집의 모든 메뉴를 다 맛보는 날을 꿈꾼다. 맨정신으로 이 집을 나섰다면
내일 당신의 인생을 결정지을 중요한 일이 있는 것이다.

이슬람교도들은 평생에 방문해야 할 성지로 메카와 메디
나를 꼽는다. 예언자 마호메트가 최초의 계시를 받은 메카와
최초의 이슬람 공동체가 설립된 메디나는 이슬람교라는 종
교의 역사에 방점을 찍은 곳이기 때문이다. 내가 만약 메카와
메디나처럼 '일생에 한 번은 꼭 들러야 할 음식점' 리스트를
만든다면 '호반'은 반드시 다섯 손가락 안에 든다. 이 집은 숯
불에 굽는 고기나 생선회 같은 것만을 안주로 생각했던 초뺴
이의 삶에 진정한 안주가 무엇인지 알려 준 집이다.

호반은 1961년 개업해 안국동 헌법재판소 앞에서 영업을
시작했다. 주당들에게는 '샐러리맨들의 만찬집'이라는 별명
으로 불리는 집이다. 사장님이 내놓는 다양한 음식, 그리고
깊은 맛과 퀄리티 등 어느 것 하나 빠지지 않는 최고의 음식
점이자 술집으로, 주당들에게는 성지로 추앙받기에 부족하지

않다.

나 역시 아주 오래전부터 호반에 관한 소문을 들었지만, 앞에서 말한 것처럼 불에 구운 돼지고기나 회 쪼가리에 만족하던 철없던 시절이어서 그때는 과감하게 무시했다. 류시화 시인의 '지금 알고 있는 걸 그때도 알았더라면'이라는 시집의 제목을 떠올리지 않을 수 없는, 그런 멍. 청. 한. 짓을 하기도 했던 것. 그래서 내가 호반을 처음 찾았던 때는 호반의 안국동 시대가 아니라 낙원동 시대다. 물론 지금 호반이 자리 잡고 있는 골목 역시 개인적으로 굉장히 좋아하는 골목이다.

퇴근 후 세종문화회관에서 광화문대로 지하보도를 건너 미국 대사관 옆을 지나 인사동을 가로질러 가면 낙원떡집 앞 횡단보도에 다다르게 된다. 몸을 살짝 예열시킬 수 있는, 딱 그만큼의 발품을 파는 시간이다. 여기서 한숨 돌린 후 아귀찜 골목으로 방향을 잡고 조금 걸으면 '원조마산아귀찜'이 있는 골목이 나오는데 그곳이 바로 호반으로 가는 골목의 입구다.

그런데 호반으로 가는 도중 너무나 유혹이 많다. 오디세우스처럼 돛에 몸을 묶고 밀랍으로 귀를 막을 수는 없으니, 사이렌의 유혹에 넘어가 버린 적이 부지기수다. 골목 입구 원조마산아귀찜 집의 해물찜의 매콤한 향과 골목 끄트머리 '영일식당'의 자연산 막회와 백고동 구이의 유혹에 넘어가 호반에 다다르지 못한 것이 한두 번이 아니었다. 심지어 함께 미식

라이프를 즐기는 마눌님도 그 골목의 끝은 영일식당까지인 것으로만 알고 있을 정도.

얼마 전 다행스럽게 호반을 다시 찾게 됐다. 함께 한 사람들이 나이는 40~50대이나 아직도 주력酒歷으로는 '질풍노도의 시기'를 보내고 있는 사람들이라 진정한 어른의 음식을 보여주기 위해 마음먹고 마련한 자리다.

안쪽의 미닫이문을 열고 들어가자마자 반기는 것은 남자 사장님의 따뜻한 미소다. 이 집 사장님이 고마운 것은 이 집을 들어설 때나, 음식을 주문할 때면 항상 아이컨택을 해주신다는 것이다. 이곳에서는 대인 기피가 흔하다는 MZ세대들뿐만 아니라 그 누구도 사장님의 눈길을 피할 수 없다. 눈을 마주치는 순간이 호반과의 진정한 인연이 시작되는 순간이기 때문이다.

예약한 자리에 앉자마자 바로 기본 찬들이 세팅된다. '샐러리맨들의 만찬집'이라는 별명처럼 이 집은 기본 찬으로만 소주 두 병 이상은 거뜬하다. 특히 엄청난 농도로 농축된 것만 같은 콩비지와 물김치, 꽁치조림만으로도 소주 두 병 이상은 커버가 가능할 정도다. 이 3종 세트는 일본의 술집의 오토시お通し처럼 돈을 받고 팔아도 흔쾌히 지불할 의사가 있을 정도로 수준이 높다.

자, 첫 시작은 호반의 대표 메뉴인 병어조림과 도가니 무침이다. 사실 이 집의 대표적인 메뉴를 이야기할 때 모든 사람들이 자신이 그날 먹었던 메뉴를 드는 경향이 있는데, 이건 나 또한 마찬가지일 수밖에 없다. 왜냐하면 이 집에서 주문한 음식은 한 번도 실망해 본 적이 없기 때문이다. 결국 모든 메뉴가 대표 선수처럼 되어 버린다는 거다. 그럼에도 불구하고, 호반의 병어찜은 단연 첫손가락에 꼽을 만하다.

잔뜩 살이 오른 제철 병어와 무의 조합, 그리고 조금씩 드러나는 감칠맛의 틈을 적절히 메꿔주는 애호박의 조화가 정말 기가 막힌다. 매콤하게 양념된 조림의 국물이 섬유질 가득한 무의 깊숙한 곳까지 스며들면 무 하나만으로도 끝내주는 안주가 된다. 이 맛은 우리나라의 웬만한 사람들이라면 다 아는 맛이다. 사실 세상에서 가장 무서운 맛이 '다 아는 맛'이지 않을까? 마치 일본 사람들이 오뎅을 주문할 때면 항상 '다이콘大根'을 찾고, 그중에서도 '가장 밑에 있는 무'나 '어제의 무'를 찾는 것도 비슷한 이유에서다.

곧이어 나온 도가니 무침에 수저를 들이민다. 젓가락 질이 서투른 나는 허튼 젓가락질로 대형 사고를 치지 않기 위해 도가니는 항상 숟가락으로 뜬다. 함께 한 친구 중 가장 젊은(사십 대 중반) 친구가 요즘 자기 무릎이 시원찮다고 도가니 접시를 끼고 놓지 않는다. 뭐 어쩌랴. 항상 밝고 씩씩하게 자라고 있는 오십 대가 양보해야지.

적당히 배가 찬 상태라 부담 없는 안주를 하나 추가. 10월에서 4월까지만 먹을 수 있는 계절 한정 메뉴인 꼬막무침을 주문했다. 원래는 이 집의 시그니쳐 메뉴 중 하나인 우설을 주문하려 했는데, 도가니 무침을 홀로 격파한 젊은이가 꼬막이 끌린다며 알아서 주문했다. 우설까지 가야 진정한 어른의 안주가 완성되는데, 부득이하게 우설은 다음 기회로 미룬다.

다른 집들과 달리 참나물에 들깻가루를 살짝 넣고 무친 꼬막무침도 나쁘지 않다. 참나물의 독특한 향과 식감, 들깻가루의 고소함 그리고 꼬막의 갯벌 향이 한데 어우러져 소주잔을 채우는 속도가 더 빨라지기 시작하고 그만큼 기억은 더 빨리 흐려지기 시작한다. 남은 것은 결국 휴대폰에 찍힌 사진뿐.

항상 드는 생각이지만 좋은 사람들과 좋은 음식을 나누는 것은 삶을 살아가며 가장 쉽게 찾을 수 있는 기쁘고 감사한 일이다. 좋은 친구들에게 좋은 음식을 소개해 줄 수 있어서 기쁘고, '이번엔 내가 쏠게'라고 호기롭게 외칠 수 있는 여유마저도 기쁘기 그지없다. 서해안 낙도까지는 두 시간이 넘는 거리라 서둘러 자리를 파하고 2차를 나선다. 골목을 빠져나가는 일행들의 경쾌한 발걸음에 다시 한번 기분이 업된다. 그리고 다음엔 꼭 우설을 먹이리라 다짐한다.

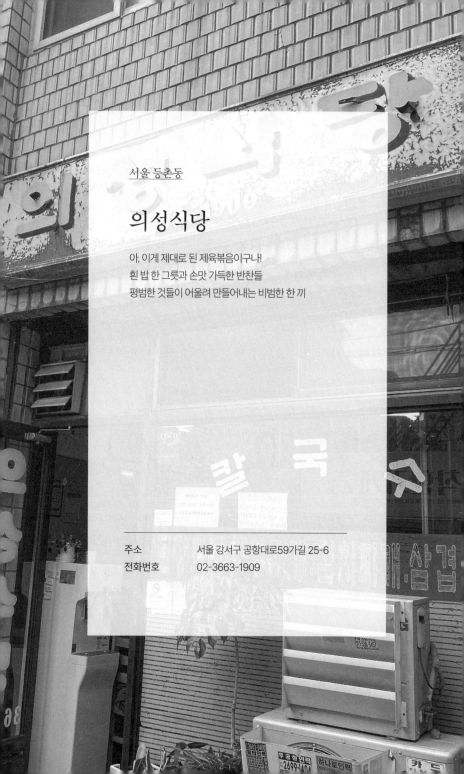

서울 등촌동

의성식당

아, 이게 제대로 된 제육볶음이구나!
흰 밥 한 그릇과 손맛 가득한 반찬들
평범한 것들이 어울려 만들어내는 비범한 한 끼

주소 　　　　서울 강서구 공항대로59가길 25-6
전화번호 　　02-3663-1909

잔뜩 어깨를 치켜세운 고봉밥과 제육오징어볶음, 그리고 계란말이 한 접시에 시골 어머니가 차려주시던 밥상이 자연스레 떠오르는 곳. 밥을 다 먹고 나면 뭔가 울컥한 기분이 드는 건 나만이 그런 걸까. 집밥의 감동을 느껴보시길.

어머니의 밥. 이런 단어를 들을 때마다 머릿속에 떠오르는 것은 김이 모락모락 솟아오르는 쌀밥 한 숟갈에 맛있는 반찬 하나 올려 입안으로 넣는 바로 그 장면이다. 때로는 그 반찬의 자리에 굽지 않은 맨 김이 올라갈 때도 있고, 매콤한 제육볶음이 될 때도 있고, 맛살과 김을 넣고 돌돌 말은 노란 계란말이가 될 때도 있다.

내 어머니는 향 좋은 갓김치와 자주색 빛깔이 고왔던 갓동치미, 한여름 떨어진 식욕을 금세 올려주는 삭힌 콩잎절임(경상도에서는 그냥 '콩잎'이라고 부른다), 비지찌개, 고들빼기김치, 가죽나물 등 손이 많이 가는 찬들을 자주 해 주셨다. 그나마 다행인 것은 경상도로 시집온 '나주 떼기(댁)'의 아들로 태어나서 다른 집에 비해 그나마 '덜 특별했던 찬'이었기에 가능했던 일이다.

삶의 중심을 서울에 두기 시작하면서 고향집에 내려가 식

사를 하면 밥 두세 공기는 너끈히 먹을 수 있었던 것도 아마
도 어머니의 이러한 상차림 덕분이었을 것이다. 하지만 그것
도 잠시. 배도 부르지 않은 나이만 먹으며, 시간의 무게를 뼈
마디 하나하나 움직일 때마다 느끼시는 어머니를 보면서 더
는 "밥 주세요"라는 말을 하지 못하게 된 것도 몇 년이 훌쩍
지났다.

그래서 요즘에는 화려하진 않지만 갓 지은 따뜻한 밥에 손
맛 있는 어머님들(이모님들)이 만드시는 찬과 국을 내는 백반
집을 만나면 너무나 쉽게 감동받는다. 생각만 해도 마음이 스
르르 풀어져 눈처럼 녹아버리는 그런 밥에 정말 진심이게 되
었다.

들리는 말로 우리나라 식당 중 가장 먼저 사라질 업종이
백반집이라고 한다. 나도 그 이야기를 들었을 때, '아! 그렇겠
구나' 하고 바로 공감할 수 있었다. 백반은 찬 5~6가지 정도
에 찌개나 국 또는 특별한 찬 하나를 더해 내는 것이 일반적
인데, 이 모든 것들을 매일매일 종류를 바꿔가며 만들어야 한
다. 게다가 좋은 식자재를 얻고 재료비를 줄이기 위해서는 새
벽 일찍 도매시장에 나가야 하며, 그 재료들을 가게로 가지고
와 일일이 손수 다듬어 찬으로 만들어야 한다. 또한 백반집은
대개 일찍 문을 열기 때문에 남들이 모두 잠든 이른 새벽부터
밑 작업을 해야 한다. 지극히 고단하고 고된 일일 수밖에 없

다. 백반집을 낸다는 것은 요즘 친구들의 표현을 빌자면, 헬게이트를 활짝 여는 것과 같은 일인 셈이다.

요식업계에서도 사양산업인 백반집. 그래서 우연히 맛있는 백반집을 만나게 되면 정말이지 반갑지 않을 수가 없다. 별 기대 없이 소개팅 자리에 나갔는데 평소 꿈에 그리던 이상형을 만난 것과 같은 기분이라고 할까. 가슴은 두근거리고, 이유 없이 아랫배가 살살 아픈 것 같고, 건조하기 이를 데 없던 손아귀엔 어느새 땀이 맺혀 있고, 눈은 또 어디에 둬야 할지를 몰라 무섭게 흔들리는 그런 느낌 말이다.

얼마 전 내가 찾은 백반집은 그 집 앞에 서자마자 위에서 말한 증상들을 한꺼번에 느낄 수 있었던 집이었다. 이미 오래 전부터 그 집의 존재를 인지하고 있었지만 문턱을 넘는 것이 조금 늦었다. 강서구 등촌동의 '의성식당'이 바로 그곳이다.

음식을 먹기 전부터 이 집에 반한 이유는 이 집의 간판 때문이다. 노포를 즐겨 찾아다니다 보니 노포에서만 찾을 수 있는 오브제에 애착을 많이 가지는 편인데, 이 집의 간판이 한순간에 내 마음을 사로잡아 버린 것이다. 강렬하게 내리쬐는 햇살이 아크릴 간판 위로 진득이 내려앉아 표면이 모두 벗겨질 정도로 간판이 삭아버렸다. 마치 유럽의 몇백 년 된 성당에서 만날 수 있는 빛바랜 스테인드글라스를 보는 느낌이랄까. 이 모든 게 오랜 시간의 힘일 것이다.

평일 낮, 등촌역에서 조금 떨어진 공영주차장에 주차를 하고 11시 30분경에 찾았는데 이미 자리는 만석이다. 두 팀이 웨이팅 중이었고 그 뒤에서 멀뚱하게 혼자 서 있던 나를 본 사장님이 혼자 오셨냐고 묻는다. 그렇다고 대답하니 "1인 손님은 1시 30분 이후에 가능하다"라고 말씀하신다. 순간 몹시 당황. "혹시 2인분을 주문하면 지금 입장이 가능할까요?" 하고 여쭈니 그러면 괜찮다고 하신다. 아 자본주의의 너그러움이여!'

의성식당은 웨이팅을 하는 도중 음식 맛을 미리 알게 된다. 활짝 열어놓은 출입구로 조금씩 새어 나오는 제육오징어볶음과 된장찌개의 향을 맡자마자 '허'~' 하는 헛웃음이 나왔다. 왜 더 빨리 이 집을 찾지 않았을까, 나 자신을 향한 질책도 했다. 좌식 테이블 4개와 입식 테이블 2개로 이뤄진 단출한 이 집은 주로 근처의 직장인들이나 개인 사무실을 운영하는 분들이 많이 찾는 듯하다. 아무래도 점심시간에 가까운 시간이라 만석은 당연한 일인 듯.

다행히 그리 오래지 않아 좌식 테이블 가운데 앉게 됐다. 제육오징어볶음 2인분을 자신 있게 주문하고 전투 준비에 임한다. 차가운 물 한 잔을 따르며 전의를 다지고, 외투를 배낭과 함께 겹쳐 놓으며 평정심을 끌어올렸다. 깔끔하게 정리된 식탁 위로 6개의 찬을 담은 접시와 된장찌개가 먼저 올랐다.

드디어 전투 개시.

오뎅볶음, 취나물, 오이무침, 파김치, 열무김치 그리고 계란말이가 기본 찬으로 나왔다. 보기만 해도 정감 넘치는 오래된 양은 냄비에 가득 담은 된장찌개가 따로 오른다. 내 나이만큼 오래되어 보이는 빛바랜 스테인리스 밥그릇엔 옛날 시골 할머니 집에서나 받을 수 있었던 고봉밥이 담겨 모락모락 김을 피워 올리고 있다. 밥그릇만 보고 있어도 이미 부자가 된 느낌이다. 밥공기 하나에 오십 넘은 무뚝뚝한 경상도 아재의 마음이 물에 푼 해초처럼 풀어진다.

제육오징어볶음이 나오기 전까지 다른 반찬을 집어 먹지도 않았다. 흰 밥 한술에 올린 파김치 한 줄에 이미 주방을 지키는 사장님의 내공을 충분히 느꼈기 때문이다. 무림고수의 몸동작 하나에도 하수들은 깨달음을 얻는다고 하지 않았는가. 제육오징어볶음이 나오면 찬찬히 여유를 가지고 즐기면서 먹어도 될 듯하였다. 사실 점심시간만 아니었다면 소주 두어 잔은 이미 마신 후였을 텐데 그 점이 조금 아쉽다.

밥상에 오르는 평범한 된장찌개가 이렇게 강력한 파괴력을 가진 음식인지 예전엔 미처 몰랐다. 과연 이 집의 주요 메뉴 중 한 축을 맡을 수 있을 만큼 기가 막힌 맛이다. 서울깍쟁이들이 운영하는 여느 밥집들처럼, 주먹만 한 뚝배기에 생색내며 대충 끓여준 된장찌개와는 가는 길이 다르다. 굉장히 진한 된장에 고춧가루를 듬뿍 넣어 칼칼하게 만든 의성식당의 된장찌개는 그 자체만으로도 충분히 소주 한 병 정도는 너끈히 비울 수 있게 만들 정도였다.

조금 뒤늦게 나온 제육오징어볶음을 앉은뱅이 상 정중앙에 놓는다. 중앙은 언제나 주인공의 자리이다. 제육과 오징어를 반반씩 넣어 만든 제육오징어볶음은 이 집의 시그니처 메뉴다. 향만 맡아도 이 집의 몇십 년 내공이 그대로 스며들어 있음을 충분히 느낄 수 있다. 우선 한 젓가락 큼직한 제육을 들어 입에 넣으면 '아, 이게 제대로 된 제육볶음이구나!' 하는 걸 자연스럽게 알 수 있다. 다시 오징어와 제육을 함께 집어 하얀 밥을 듬뿍 담은 수저 위에 올린다. 그리고 바로 입안으로.

순간 40대의 젊었던 어머니의 얼굴이 떠 올랐다. 대학에 들어가며 집을 떠나 온 지가 30여 년 전이니 아마 그때쯤의 어머니는 지금의 내 나이쯤이었을 게다. 가뜩이나 아침잠이 많던 아들내미의 이불을 걷어 잠을 깨운 후 바로 부엌으로 들어가 국과 제육볶음과 계란말이 등의 찬들을 잔뜩 올린 상을 내오시던 그때의 어머니 모습이 갑자기 눈앞에서 어른거렸다.

무언가 눈으로 쏟아질 것 같아 허겁지겁 입안으로 음식들을 집어넣었다. 된장찌개에 한 술, 제육볶음에 한 술, 파김치를 올리고 또 한 술. 그 많았던 고봉밥이 어느새 모두 사라져 버렸다. 음식을 나르시던 이모님이 "밥 더 드릴까?" 하고 물어보는데 뭔가 울컥하는 기분이 들었다. 어느새 밥그릇은 갓 나온 것처럼 다시 채워졌고, 앉은뱅이 상위의 접시들을 모두 비워갔다.

　호르몬 때문일 것이다. 요즘은 푸른 하늘의 새 한 마리 날아가는 것만 봐도 울컥하고, 자동차 앞 유리를 두드리는 빗방울 소리에도 눈물이 핑 도는 것을 보면. "밥 한 끼에 이런 적은 없었는데"라고 중얼거리며 서둘러 가방과 옷을 챙겨 나왔다. 다음에는 차는 놔두고 점심시간을 넘겨서 와야겠다. 오늘 이 식사에 소주 한 잔 곁들이지 못한 게 그렇게 아쉽다.
　모처럼 좋은 밥 한 끼 먹었다.

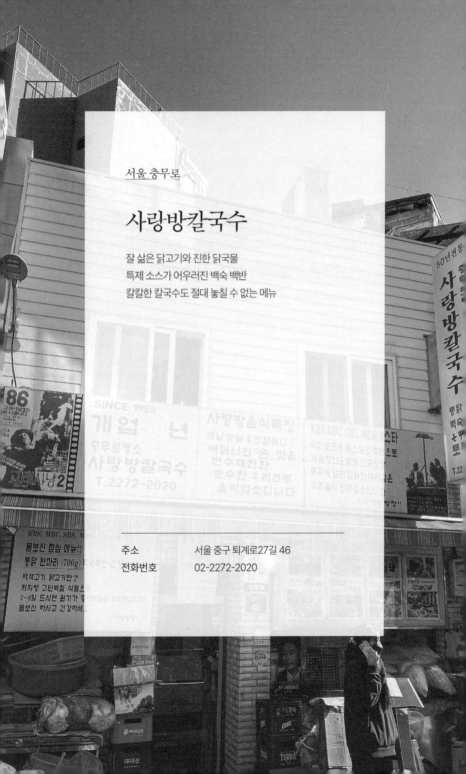

서울 충무로

사랑방칼국수

잘 삶은 닭고기와 진한 닭국물
특제 소스가 어우러진 백숙 백반
칼칼한 칼국수도 절대 놓칠 수 없는 메뉴

주소	서울 중구 퇴계로27길 46
전화번호	02-2272-2020

> 스뎅 쟁반에 올라 있는 영계를 보자마자 숨이 턱 하고 막힌다. 쫄깃한 닭 껍질 한 점에 소주 한 잔, 부드러운 닭가슴살 한 점에 또 소주 한 잔. 이 집은 사랑방 칼국수가 아니라 사랑방 백숙 백반으로 상호를 고쳐야 하지 않을까?

점점 아재 입맛이 몸에 익어가는 요즘, 또 한 곳의 노포를 가기 위해 무거운 몸을 이끌고 서울로 향했다. 이곳은 수많은 노포 애호가들과 연예인, 그리고 인플루언서들이 방문해 모르는 사람이 없을 정도로 유명한 집이다. 을지로에 있는 '사랑방칼국수'다.

이 집을 찾은 날은 정말 오랜만에 미팅과 약속으로 정신이 없었다. 오후 2시엔 세종문화회관에서 미팅, 그리고 바로 이어 옛 직장인 서울시향에서 근무하던 동료와 티타임, 오후 4시 반에는 몇 년 전 뮤지컬 관련 책을 출간한 작가님에게 출판 관련 조언을 얻기 위한 미팅도 있었다. 그리고 저녁 7시엔 대학원 후배님들과의 술 약속이 있어 나름 시간을 쪼개어 바쁘게 움직였던 하루였다.

스케줄만 봐도 진이 빠지는 느낌이 확 오길래 저 험난한 일정을 수행하기 전, 뭔가 몸을 따뜻하게 데우고 기운을 북돋아 줄 음식을 찾아야겠다는 생각이 앞섰다. 인천 송도에서 9시 조금 넘어 출발해 을지로 3가 전철역 9번 출구로 나와 이 집에 도착한 시간은 오전 11시 30분경. 뭔가 조금은 애매한 시간이다.

웨이팅을 해야 하나, 얼마나 기다려야 할까 등의 섣부른 고민을 머릿속에서 하나씩 지워가면서 문을 여니 2층에는 아직 자리가 남아 있다고 하신다. 연세가 지긋하신 할머니 사장님께서 여전히 카운터를 지키고 계셨고 정정한 목소리로 안내까지 해 주셨다.

입구 카운터에서 0.001초 정도 뭘 먹을까 하고 고민하다가 백숙 백반과 칼국수를 주문하고 올라왔다. 혼자서 먹기엔 조금 많은 양이 아닐까 하는 고민과, 며칠 전 들었던 "(묘한 웃음을 섞으며) 2개월 후에 살 빼고 다시 만납시다"라던 담당 의사의 반협박성 멘트가 머릿속에 동시에 떠올랐지만, 이 집에서 어떻게 '절제'라는 단어를 떠올릴 수 있겠는가. 에라, 모르겠다. 일단 먹고 보자.

이 집 문을 여는 순간, 나는 이미 식탐으로 가득 찬 아귀가 되었다. 잘 삶은 닭의 기름기 충만한 향기는 이미 내 코를 지나 혈관까지 깊숙이 침투한 상태. 담당 의사의 협박성 멘트는 어느새 아득히 먼 곳으로 사라지고, '어디 의사들 잔소리를 한두 번 들은 것도 아니고, 두 달 후에 욕 한 번 더 먹고 말면 되는 거지 뭐' 하며 스스로에게 면죄부까지 부여 완료.

이 집의 트레이드 마크와 같은 음식을 꼽자면 '백숙 백반'이라고 할 수 있다. 1인분을 주문하면 정확하게 반으로 가른 닭 반 마리가 담긴 스테인리스 접시가 나오고, 그 녀석을 삶아 낸 담백한 국물이 양은 냄비에 따로 담겨 나온다. 여기에 찬으로 나오는 겉절이와 양파, 닭고기를 찍어 먹을 수 있는 양념장용 파가 더해져 한 세트가 구성된다.

이 집의 백숙 백반은 사실 닭곰탕이라 불러도 무리가 없다. 아니, 더 정확하게 표현하자면 닭을 물에 넣고 오랫동안 삶아 내다 간을 맞춘 형태의 음식이라고 할 수 있다. 지금은 다양한 형태의 닭 요리를 접할 수 있지만 불과 몇십 년 전까지 우리나라의 닭요리는 2~3종 정도가 주류를 이루고 있었다. 자세히 들여다보면, 1960~70년대에 시작해 70년대에 유행하기 시작한 삼계탕('삼계탕'이란 명칭은 1990년대쯤 확립됐다)이나 1970년대부터 인기를 끌었던 통닭구이 등이 닭요리 시장을 이끌던 주력 음식들이다. 그에 비해 이 집의 백숙 백반(닭곰탕류)과 같은 음식의 기원은 삼계탕이나 통닭구이보다 훨씬 더 오랜 시간을 거슬러 올라간다. 어쩌면 직화에 닭을 굽는 요리를 제외하고는 닭을 재료로 만든 요리의 원형에 가까운 음식이지 않을까 싶다.

음식이 나오면 서둘러 닭의 해체 작업을 집도한다. 마치 숙련된 해부학 전문의가 된 것처럼 한 손엔 숟가락을, 다른 손엔 젓가락을 잡는다. 그렇게 양손을 모두 사용해 집도 시작. 잘 삶은 닭이라 해체 작업에 그리 많은 품을 팔지 않아도 된다. 젓가락으로 닭을 움직이지 못하게 고정하고 수저 끝으로 쓱 밀거나 힘을 주고 비틀면 분리 작업은 손쉽게 완료된다. 마치 살코기와 뼈 사이에 윤활유라도 발라 놓은 듯 해체 작업은 어렵지 않다.

우리가 잘 아는 삼계탕용 닭은 뚝배기에 한 마리를 담을 수 있을 정도의 크기가 중요하기 때문에 보통 생후 20여 일 키운 육계(사실은 병아리에 가까운)를 사용한다고 하는데, 이 집의 닭도 크기만 보면 삼계탕용 닭을 사용하는 것 같다.

닭의 해체 작업을 마치니 함께 주문한 칼국수가 나왔다. 해체 작업을 마친 닭의 살코기를 반 정도 덜어 양은 냄비의 닭곰탕 국물에 넣어 수분과 온기를 다시 품게 만든다. 연이어 칼국수의 양념장을 휘저으며 칼국수부터 먹기 시작. 칼국수의 면이 퍼지면 하루 종일 다른 일에 집중을 못할 정도로 안타까울 테니 말이다.

국물 한 숟갈을 먼저 떠서 입에 넣는다. 백숙의 국물과는 궤를 달리하는 국물 맛에 이내 마음이 평안해진다. 칼국수 고명으로 닭고기 몇 점을 넣을까 하던 생각은 어느새 사라졌다.

닭고기 고유의 맛과 칼국수의 멸치 육수 맛을 굳이 섞을 필요는 없을 것 같아서다. 내 개인적 사견으로는 사실 이 집의 칼국수는 '잘 끓인 칼칼한 칼국수'다. 국물 한 모금에 소주 한 잔을 자동으로 연계시킬 수 있는 그런 포장마차 스타일의 칼국수.

살짝 아쉬운 것은 참 맛있는 칼국수이지만 백숙 백반의 그림자가 워낙 짙어 그 그림자를 쉬이 벗어나지 못하고 있다는 점 정도다. 그런데 문득 왜 '사랑방칼국수'라는 상호를 지었을까 하고 곰곰이 생각해 보았는데, 아 백숙 백반은 칼국수보다는 조금 늦게 추가된 메뉴일 수도 있겠구나 하는 생각이 들었다.

칼칼한 칼국수 국물을 기분 좋게 들이키다 보니 어쩔 수 없이(!) 소주 한 병을 주문해 버렸다. 이런 음식을 먹는데 소주 한잔하지 않는다는 것은 '사랑방 손님'의 의무를 다하지 못하는 것이다. 그래도 양심이 있어 '아, 오늘 스케줄이 장난 아닌데'라며 고민하는 척은 잠시 했다.

금세 비운 칼국수 냄비를 한편으로 치우고 다시 백숙 백반과 마주한다. 양은 냄비에 넣고 남은 살코기 중 한 점을 특제 소스에 찍어 입 안으로 가져간다. 처음엔 닭 껍질, 두 번째에는 가슴살이다. 딱히 정해진 순서가 있는 것은 아니지만 왠지 닭 껍질을 먼저 맛보아야 할 것 같아서다. 한입 먹어 보니 예상대로 시큼새큼한 특제 소스의 맛과 야들야들한 닭 껍질의 식감이 어울려 만들어 내는 조화가 범상치 않다. 바로 이어 집어 든 닭가슴살의 뻑뻑한 식감도 소스와 잘 어울린다. 닭가 슴살의 결을 따라 잘 스며든 소스가 살코기의 담백한 맛을 부드럽게 리드하며 이끌어낸다. 세 번째는 겉절이김치와 살코기 한 점. 이 조합도 좋은 선택지 중 하나다.

이후로는 프리스타일로 백숙 백반을 공략한다. 함께 나온 밥 한 공기를 백숙 국물에 말아 미리 넣어둔 살코기들과 이리 저리 섞으니 한 그릇의 닭곰탕을 새로 받은 기분이다. 계절이 계절인지라 뜨거운 국물에 말아 넣은 밥알들이 전분기를 제대로 뿜어 내는 모습을 보니 마음까지 따뜻해진다. 게다가 오랜만의 을지로 여행에 설렌 기분이 조금은 이르다 싶은 낮술의 취기마저 잘 받아준다.

소스를 찍은 닭고기 한 점에 소주 한 잔, 따뜻한 국물과 밥알갱이를 함께 담은 숟가락질 한 번에 또 한 잔을 마신다. 내 앞의 모든 그릇을 비우는 데 드는 시간은 채 삼십 분도 걸리지 않았다.

오늘 예정된 미팅들을 위해서 과음은 피하고 적절히 기분 좋은 수준까지만 마시자며 자제력을 발휘한다. 술은 웬만해서는 잘 남기지 않는 편인데 이 좋은 기분을 깨트리기 싫다는 욕심에 모처럼 술도 꽤 남겼다. 평소 물에 빠진 고기는 잘 안 먹는 편이고, 닭고기의 경우 백숙이나 삼계탕을 그리 즐겨 찾는 편은 아니지만 이 집 음식 앞에서는 그런 취향은 아무 소용이 없다.

문득, 아주 오래전 이곳을 함께 찾았던 그 녀석들, 그리고 그녀들은 다들 잘 살고 있을까, 이 집에서 언제고 한번 다시 만나도 좋을 텐데 하는 생각도 잠시 드는 오후다.

서울 충무로

동경우동

정종 한 잔에 우동도 좋고
오뎅백반에 소주 한 잔도 좋고
가벼운 낮술 즐기며 부담 없이 때우는 한 끼

주소	서울 중구 충무로 48
전화번호	02-2274-3440

서울에서 유년 시절을 보낸 토박이들만이 공감할 수 있는 추억의 노포. 특별할 것 없는 메뉴일 수도 있겠지만 메뉴마다 깃든 추억이 이 세상 단 하나뿐인 음식으로 만든다. 이젠 아버지와 앉던 그 자리에서 정종 한 잔 곁들이며 우동을 먹는다.

　요즘 너무나 핫한 을지로. 숨어 있는 노포들도 참 많다. 을지로라는 지역이 아주 오래된 전문 상가들이 모인 곳이다 보니, 이곳의 노동자들을 위한 다양하고 오래된 음식점들이 함께 성장해 왔기 때문일 것이다.

　오늘 이야기를 할 곳은 을지로 3가 전철역 8번 출구에 자리한 '동경우동'이다. 뜬금없지만 광주 송정리의 곱창집은 송정리에 있지만 '서울곱창'이라는 이름을 쓰고, 서울의 우동집은 을지로 3가 공구상 한가운데 있지만 '동경우동'이라는 이름을 쓴다. 우리가 마음속에 두고 있는 이상향을 가게 이름으로 쓰는 게 아닐까 하는 상상도 잠시 하게 된다. 1986년 개업한 이곳은 을지로 3가를 찾는 많은 서울 시민들과 이 근처에 근무하는 노동자들을 위한 쉼터 역할을 충실히 하는 곳이다.

　내가 동경우동을 찾는 이유는 두 가지다. 첫 번째는 '밥때'

가 다가오는 시간 즈음, 을지로 3가에서 도보로 갈 수 있는 거리에 있다면 나는 무조건 이 집으로 향한다. 맛있는 오뎅백반 또는 카레 우동으로 끼니를 때우고 행복감에 흠뻑 젖어 다음 일정을 기분 좋게 준비할 수 있는 시간과 심적 여유를 가질 수 있기 때문이다. 두 번째는 밥을 먹기도 좀 애매하고, 그렇다고 끼니를 거르자니 심술궂은 허기에 고생할 것 같은 그런 시간에도 간다. 간단한 식사와 정종 한 잔으로 부담 없이 공복도 해결하고 낮술의 욕심도 채울 수 있기 때문이다.

매장으로 들어서면 좁은 공간에 바 형태의 좌석과 테이블 좌석이 옹기종기 붙어 있다. 서둘러 빈 곳에 앉아 메뉴를 정하고 주문을 한다. 지금까지 이 집의 메뉴는 모두 다 섭렵했지만 어느 것 하나 섭섭하다 느낀 음식은 없었다. 특히 우동은 전형적인 한국식 우동의 모습을 보여준다. 멸치와 가쓰오부시로 육수를 우려내고 간장으로 간과 색을 맞춘 다음, 무를 함께 삶아 무의 단맛을 국물 가득 스며들게 했다. 어지간한 일본식 우동집의 국물보다 훨씬 진하고 맛있는 국물을 가지고 있어 만족도가 높다. 면도 기계면을 쓰지만 적절하게 익혀 탄력과 식감도 좋다.

사실 이 집의 우동을 일본의 우동과 비교하는 것은 조금 무리가 있다. 우리나라와 일본의 음식 문화에는 많은 차이가 있는데, 특히 우동과 같은 음식에서는 서로 추구하는 지향점이 분명히 다르기 때문이다. 일본에서 우동은 면이 우선시되

고 더 중요한 음식이다. 물론 우동의 다시(국물)를 따지는 곳
도 있지만 그럼에도 불구하고 면의 맛과 식감 등을 더 중시
한다. 그래서 일본의 우동은 어떤 밀을 쓰고 어떻게 반죽하고
어떤 방식으로 숙성하는지가 중요하다. 입안에서 어떤 식감
이 느껴지는지, 어떤 느낌으로 식도까지 넘어가는 지를 세밀
하게 본다는 것이다. 그에 반해 한국에서 우동은 엄연히 국물
음식이다. 얼마나 시원하고 좋은 국물에 면을 담아내는지가
중요하다. 어떤 멸치와 가스오부시를 쓰고 어떻게 육수를 내
는지를 따지는 음식이라는 것이다. 그래서 한국식 우동에서
더 중요한 것은 면이 아니라 시원하고 감칠맛 나는 국물이다.
조금 과장해서 말하자면, 면은 허기를 면하게 해주는 단순한
역할에 그칠 뿐이다. 그런 의미에서 동경우동의 국물은 한국
식 우동의 기준을 채우는 데 부족함이 없다.

　밥 종류도 새콤달콤한 유부초밥부터 카레라이스, 그리고
너무나 좋아하는 오뎅백반과 카레 우동 콤비까지, 그날의 허
기진 정도에 따라 면이나 밥 메뉴를 선택할 수 있도록 갖춰져
있다. 오뎅백반을 주문하면 명란도 한 점 내주는 것으로 기억
하는데 이게 또 별미이기도 하다.

　이번에 찾은 시간은 점심을 거르고 저녁 식사 시간에 조금
못 미친 오후 4시경. 간단하게 우동과 정종을 시켜 3시간 후
의 술자리 약속을 준비하며 시간과 끼니를 때운다. 정종 가격

도 예전에 비해 5백 원이 올랐지만, 예전 광화문에 근무하던 당시 자주 찾던 우동집의 정종 가격이 5~6천 원 정도이었던 것에 비하면 고마운 가격이다. 그것도 거의 10년 전이니.

을지로 지역에 개발의 열풍이 점점 거세어지며 터줏대감과 같던 '안성집'의 폐업, '을지면옥'의 영업 중지(최근에 자리를 옮겨 다시 문을 열었다), '을지OB베어'의 강제 철거, 그리고 최애하는 감자탕 집인 '동원집'의 이전 등 많은 노포들이 사라지거나 이전하고 있는 상황이라 이 집의 안위도 사실 조금 걱정되는 실정이다.

어디 노포가 그냥 역사만 오래된 가게인가. 오랜 시간 동안 서민들에게 양질의 음식을 제공해 왔고, 음식으로는 대표적인 한식의 상징으로 자리 잡았으며, 그 노포가 속한 지역의 사람과 역사를 함께하며 자라온 추억과 만남의 공간이 아니던가. 푸드 칼럼니스트 황교익과 박상현 작가의 말처럼 '노포는 공공재'라는 것에 적극 동의하는 사람으로서 이런 젠트리피케이션 현상의 가속화에 우려를 금할 수가 없다. 아직은 이지역에서 상생의 모습보다는 경제적 이득만이 득세하는 모습만 볼 수 있어 더욱 안타깝기만 하다.

조촐하지만 우동 한 그릇 주문해 놓고도 따뜻한 정종 한잔 함께 마실 수 있는 가게, 누군가가 문득 그리워 마음이 허할 때마다 찾아 오래전 이 자리를 함께했던 이를 추억할 수 있는 그런 가게, 우리가 노포에 바라는 것은 아마도 그런 것이 아닐까. 지금은 추억이 된 '세진식당'이나 '우일집', 화마에 사라져 버린 '양미옥', 낯선 곳으로 자리를 옮긴 '동원집' 등의 자리를 애써 찾아보며 착잡한 기분도 금할 수 없지만, 아직 자리를 지키고 있는 동경우동을 찾아 잠시 마음을 달래었다.

서울 충무로

필동면옥

고고한 육수 속 메밀 향 가득 품은 비단 같은 면발
평양냉면이라는 신세계와의 조우
특제 양념장에 찍어 먹는 냉제육은 명물허전

주소　　　　서울 중구 서애로 26
전화번호　　02-2266-2611

의정부 평양면옥을 계승한 평양냉면의 강자. 제육과 만두를 찍어 먹는 양념장은 정말 욕심나는 아이템. 도대체 을지면옥과 필동면옥의 냉면을 맛으로만 구분할 수 있는 사람들은 어떤 미각을 가진 사람들일까?

언제부턴가 평양냉면 열풍이, 아니 광풍이 불더니 어지간한 사람들도 평양냉면의 계보를 줄줄이 읊어댄다. 저마다 자신만의 먹는 법을 설파하고, 타래 트는 법까지 꿰차고 있을 정도로 평양냉면이라는 음식은 핫한 아이템이 됐다. 여기서 소개할 곳 역시 너무 많이 알려져 있고 웬만한 사람은 다 알고 있는 냉면집이다. 개인적으로는 가장 좋아하는 냉면집이기도 하고, 내 삶에서 아주 중요한 역할을 한 냉면집이기도 하다. 바로 '필동면옥'이다.

내가 평양냉면을 처음 접한 것은 30대 초반이었지만, 마흔을 넘긴 후에야 좋은 평양냉면집에서 먹는 맛있는 냉면 한 그릇과 수육 또는 잘 빚은 만두에 소주 한잔 걸치는 맛을 제대로 이해할 수 있었다. 지금은 더우나 추우나 냉면집에 들어가 소주 한잔에 차가운 냉면 육수 한 모금을 안주로 들이키는 정취를 그 무엇보다 좋아한다.

　서울 사대문 안팎에 내로라하는 냉면집이 수두룩하지만 내가 필동면옥을 좋아하는 이유는 어떻게 보면 좀 단순하다. 첫째는 필동면옥이 평양냉면이라는 신세계를 처음 경험하게 해 준 곳이기 때문이다. 모든 남자들이 첫사랑을 가슴에서 쉽게 지워내지 못하듯, 나는 평양냉면이라는 음식을 처음으로 접한 필동면옥을 잊지 못한다. 지금은 사라져 버린 옛 직장이 필동 안쪽에 자리 잡고 있었는데, 어느 날 점심 때 사장님께서 데려간 곳이 필동면옥이었다. 술을 못 하시던 사장님이었지만, 냉면을 먹을 땐 소주를 곁들여야 한다며 일부러 소주를 주문해 주셨다. 그때 처음으로 평양냉면에 소주를 곁들여 보았다.

　솔직히 말해 비릿한 소고기 냄새가 나는 밍밍한 국물에 소주를 마시는 것이 곤욕이었다. 하지만 사장님이 사주는 음식이었으니 그 앞에서 투정을 하거나 못 먹겠다고 거부할 수도 없는 입장이었다. 그나마 다행이었던 것은 함께 주문한 만두가 이전에 경험하지 못했던 훌륭한 수준이었고, 돼지고기 제육이 너무 맛있었다는 것. 사실은 제육을 찍어 먹던 양념장이 맛있어서 만두와 제육을 집중적으로 공략했던 기억이 있다. 이후에도 만두나 제육을 먹기 위해 이 집을 찾았다. 육수가 너무 괜찮은데, 라는 생각이 들게 될 때까지는 이후 몇 년의 시간을 더 보내야 했다.

두 번째 이유는 지금까지 초빼이인 나를 10년 넘게 잘 데리고 살아주시는 마눌님과의 첫 데이트 장소가 필동면옥이었기 때문이다. 마눌님도 술과 음식을 꽤나 좋아하는 사람이라 첫 데이트 장소를 광장시장 '순희네 빈대떡'으로 정했는데, 대기 줄이 너무 길어 택시를 타고 곧바로 필동면옥으로 옮겼다. 그날 필동면옥에서 1차를 마신 후 인근 노포들을 돌며 새벽까지 술을 마시다 집으로 보내 주었는데, 이후에도 계속 만남을 이어가다 결국엔 함께 살게 되었으니 첫 데이트 때 나름 좋은 인상을 남겼다고 생각했다.

그런데 결혼 후 7~8년쯤 지나 첫 데이트에 여자를 시장 빈대떡 집과 냉면집으로 데리고 가는 X은 처음이었다며 나온 김에 술이나 왕창 마시고 들어가야겠다고 마음 먹었다는 말을 듣고 충격을 받기도 했다.

뭐, 과정이야 어떻든 지금의 우리 부부를 이어준 곳이 바로 필동면옥이다(1층 8번 자리). 첫 만남 이후 매년 기념일이면 일부러 찾아가 1층 8번 좌석에서 냉면을 먹는다.

필동면옥은 평양냉면 계보의 양대 산맥 중 하나인 '의정부 평양냉면'에서 갈라져 나와 '을지면옥'과 함께 의정부 계열을 잇고 있다. 세 냉면집의 사장님들이 형제간이라는 사실은 이미 널리 알려진 사실. 참고로 을지면옥도 필동면옥과 거의 유사한 형태의 냉면을 내고 있지만 냉면계의 고수들은 두 곳의 차이가 분명히 존재한다고 주장한다. 나 같은 막 입의 소유자들은 "필동이나 을지나 그곳이 그곳"이라고 퉁치지만, 그래도 내겐 필동이 평양냉면의 첫 경험을 안겨준 곳이라 더 애정을 가질 수밖에 없다.

솔직히 필동면옥에 대해서는 덧붙일 무엇이 없다. 육수는 고고하고 메밀 향을 품은 면발은 비단과 같다. 타래 위로 올린 고기는 약간 퍽퍽한데, 육수에 담그면 금세 부드러워져 먹기에 좋다.

개인적으로 필동면옥의 최고 하이라이트는 육수 위에 살짝 뿌린 고춧가루라고 생각한다. 별것 아닌 고춧가루라면 고춧가루지만, 육수 위를 떠다니는 모습이 그렇게 매혹적일 수가 없다. 마치 연못 위에 작은 부평초들이 떠다니는 것을 보는 것 같다. 자칫 심심할 수 있는 냉면이라는 음식이 이 고춧가루 때문에 시각적으로 균형을 이루고, 밍밍하게만 느껴질 수 있는 육수 역시 한 층 품위를 더한다.

만두는 또 어떠랴. 그 큰 만두소를 무심한 듯 슴슴한 재료들로 채워 정직하면서도 담백한 맛을 살렸다. 제육 또한 내가 좋아하는 냉제육이라 더할 나위 없다.

예전엔 주로 나이 지긋한 어르신들이 찾았지만 지금은 젊은 손님들도 많다. 남녀노소가 함께 찾는 노포는 그리 흔치는

않은 것 같다. 사실 이런 모습이 내가 생각하는 이상적인 노
포의 모습이기도 하다. 평양에 한 번도 못 가본 젊은이들이
평양 음식의 맛을 찾아 탐닉하고, 평양을 고향으로 두고도 가
지 못하는 어르신들이 고향 음식을 먹으며 향수를 달래는 곳,
이곳이 바로 충무로 필동면옥이다.

서울 방화동

고성막국수

동치미 국물과 메밀면의 폭발적인 케미스트리
입술에 착착 감기는 부드럽고 크리미한 편육
일단 한 번 드셔보시라 말할 수밖에

주소　　　　　서울 강서구 방화대로49길 6-7
전화번호　　　02-2665-1205

🍴 서울 도심에 있는 막국숫집이지만, 이 집 음식 앞에 서면 강원도 두타산이나 가리왕산 기슭 어디쯤 와 있는 것 같다. 무엇 하나 흠잡을 것 없이 완벽한 곳. 억지로 단점을 찾자면 주차가 어렵다는 것 정도?

내리쬐는 햇빛에도 조금씩 가을의 풍요로움이 스며들고 있다. "모든 것 이해하며 감싸안아 주는 투명한 가을날 오후"(이소라, 〈가을 시선〉 중에서)에는 무언가 특별한 걸 먹고 싶다는 욕망이 더욱 강해지는 것은 비단 나 혼자만은 아닐 터. 머릿속에 이 집 저 집을 떠올리다 마침내 결정한 집은 막국수 한 그릇을 시원하게 내주는 집이다.

아마도 시월 중순이 되면 여름휴가 동안 전국의 유명 면집들을 순례하며 탐닉했을 면 성애자들이 슬슬 금단현상을 느끼기 시작할 것이다. 그들의 금단현상을 한 번에 해결해 줄 수 있는 곳 중에서도 이 집은 면 성애자들이 저마다 가지고 있는 맛집 리스트의 첫 장에 들어가도 이견이 없을 곳이다. 게다가 김포공항과 가까운 곳이라 올림픽대로에 차만 올리면 쉽게 갈 수 있으니 더더욱 좋다. 어디 우리가 돈이 없지, 시간이 없는 사람들은 아니지 않은가?

막국수를 좋아하는 사람들에게는 성지처럼 알려진 방화동 '고성 막국수'는 올림픽대로에서 방화동으로 접어들기 위해 반드시 지나야 하는 방화 터널 바로 옆에 떡 하니 자리 잡고 있다.

주택가라고는 하지만 그래도 산자락이라 주차를 하기 위해선 정말 엄청난 운전 실력이 필요하다. 덤으로 삼대의 덕을 쌓은 것과 맞먹는 주차장 운도 필요하다. 가게 바로 앞에 주차할 수 있는 공식적인 공간은 없지만 억지로 욱여넣는다면 두 대 정도 가능할 것도 같다. 나머지는 눈치를 보며 인근에 주차를 해야 한다.

찾아가기도 어려운 곳에 있지만, 오전 11시 30분에 도착해도 한 번에 입장이 불가능할 수 있다. 가게가 문을 열기 훨씬 전부터 꽤 많은 사람들이 웨이팅을 하고 있기 때문이다. 나도 처음엔 '그깟 막국수 얼마나 맛있다고 저렇게 난리들일까'라고 얕잡아보기도 했지만, 한 번 맛보고 나니 그깟 막국수가 절대 아니었다.

이 집의 막국수를 설명하자면, 살짝 얼어붙은 동치미 국물이 마치 유빙流氷처럼 주위를 가득 채우고 있고 그 한가운데 잘 말아 올린 막국수 타래가 빙산氷山처럼 우뚝 솟아있는 모습이다. 동치미 육수 위로 고개를 내민 막국수 타래는 그야말로 빙산의 일각. 머리 위에 만년설을 올린 듯 살얼음이 올려져 영롱한 자태를 뽐낸다. 노랗게 잘 삶아진 계란 반쪽은 호수에 비친 달처럼 동치미 육수에 잠겨 홀로 빛난다. 마치 여백의 미를 잘 살린 동양화 한 점 보는 느낌이랄까? 한 눈에도 정. 갈. 함. 이 가득하다.

음식이 나오면 우선 면을 흩트리지 않고 조심스럽게 차가운 육수를 부어 그릇째 들고 들이킨다. 커다란 얼음덩어리 하나가 식도를 타고 내려가는 듯, 차가움의 고통에 이어 찾아오는 두통이 눈 깜짝할 새에 극도의 쾌감으로 치환된다. (국뽕은 아니지만) 이런 변태적인(?) 취향은 아마 우리 민족만이 가지고 있는 것이 아닐지.

기본 찬은 슴슴한 백김치와 열무김치, 그리고 비빔막국수의 고명으로 올라가는 명태 무침 한 접시가 전부다. 어찌 보면 단출하지만 이 세 가지 찬에 이 집의 모든 것이 압축되어 들어있다.

동치미 국물만 떠먹어보면 그리 큰 감동을 느낄 수 없을지도 모르지만, 동치미 국물이 막국수 그릇으로 자리를 옮겨 메밀의 향을 품기 시작하면 그때부터는 이야기가 달라진다. 그 특징 없는 슴슴함이 이렇게 매력적인 모습으로 변할지는 단한 번도 상상해 본 적이 없다. 잘 익은 새콤달콤한 백김치도 이 집의 막국수와 그렇게 합이 좋을 수가 없다. 약간은 질긴 듯한 느낌의 열무도 싱싱한 풋내를 올리며 기초를 튼튼히 다져준다.

막국수에 대한 더 이상 부연은 사족일 듯싶다. 그냥 한번 드셔 보시라 권하는 정도가 내가 할 수 있는 최대한의 설명이 아닐까 한다.

이 집의 편육도 굉장히 매력 넘치는 메뉴이다. 편육 한 장 한 장에 '딱' 허락된 만큼의 적당히 기름기를 품고 있는데, 부드럽고 풍성하고 크리미한 맛이 입술에 착착 감긴다. 얇게 저며낸 조각들이 마치 한지에서나 느낄 수 있는 고풍스러운 정갈함까지 느낄 수 있다.

함께 내는 새우젓도 조금 잘은 느낌은 있으나 그중에서도 꽤 깔끔하고 질 좋은 것이라는 것은 한 입만 먹어보면 쉽게 알 수 있다. 막국수를 먹을 때 느낄 수 있는 '기름기에 대한 부족함 2%'는 이 편육에서 충분히 커버가 가능하다. 면 성애자들이 말하는 '선주후면先酒後麵'을 즐기기에는 이 집의 메뉴 구성이 너무나 적절하다는 느낌.

명태 무침 하나만으로도 충분히 훌륭한 안주가 되지만, 찬으로 내주는 것은 처음 딱 한 번이기 때문에 편육을 찾지 않을 수 없다.

이 집의 음식은 이미 오래전부터 소문이 나 많은 사람들이 찾는다. 참고로 도보로 5분 거리에 있는 나의 옛 일터, 한국문화관광정책연구원(현 한국문화관광연구원)의 어르신들은 아직도 이 집에서 국수 한 번 먹는 게 너무 어렵다며 불평하시기도 한다. 가을 색이 조금씩 드리워져 갈 때, 지난여름의 막국수와 냉면에 향수를 느끼시는 분이라면 이곳을 꼭 한번 찾아보기를 권해 드린다.

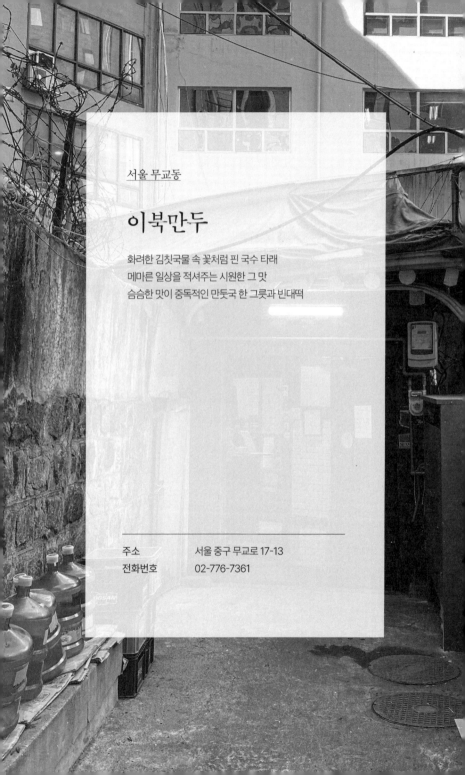

서울 무교동

이북만두

화려한 김칫국물 속 꽃처럼 핀 국수 타래
메마른 일상을 적셔주는 시원한 그 맛
슴슴한 맛이 중독적인 만둣국 한 그릇과 빈대떡

주소	서울 중구 무교로 17-13
전화번호	02-776-7361

현대식 빌딩 사이에 섬처럼 떠 있는 아담한 한옥 한 채. 그곳에서 맛보는 김치말이 국수의 진한 감칠맛. 이북만두로 향하는 골목에 발을 들이면 두 개의 달이 뜨는 세상으로 들어서는 것 같다. 맛은 기억이라는 사실을 일깨워주는 집.

  노포들 중 많은 집들이 오래전부터 찾던 집이다 보니 식당 문을 들어설 때마다 옛 추억이 아지랑이처럼 아른거리며 떠오를 때가 많다. 내 기억 속에는 노포의 음식뿐만 아니라 그 집을 찾았을 당시의 상황과 함께 찾은 사람들도 같이 저장되기 때문이다. 서울시청 본관 뒤편의 '이북만두' 또한 그런 곳이다. 원래는 '리북손만두'로 불렸는데 2010년대 초반 이름이 바뀌었다.

  이 집과의 첫 인연은 뙤약볕이 내리쬐던 2005년 어느 여름날로 거슬러 오른다. 당시 나는 처음 맡았던 대형 야외 음악회의 PM^{Project Manager}이었다. 음악회와 관련된 수많은 사람들 사이를 바쁘게 뛰어다니며 서로의 이해관계를 조정하고 조율하는 것이 내 일이었다. 하루 종일 뜨거운 햇빛 아래를 이리저리 뛰어다니다 보면 나도 모르게 신경이 잔뜩 곤두설 수밖에 없었다. 누군가 살짝 건들기만 해도 폭발할 것처럼 날이

바싹 서 있던 나는 사막에서 오아시스를 찾듯 이 집으로 찾아 들었고, 시원한 김치말이 국수 한 그릇을 먹으며 마음의 날을 누그러뜨리곤 했다.

그때만 해도 내게 김치말이 국수는 굉장히 낯선 음식이었다. 김치말이 국수라는 음식이 38선 너머 황해도 땅의 음식이어서 그랬을 것이다. 내가 나고 자란 경상도에 이와 비슷한 음식이 없는 것은 아니지만, 이 집처럼 소고기를 삶은 국물에 김칫국물을 섞어 육수를 만들고 거기에 김치를 비롯해 각종 고명을 넣은 음식은 처음이었다.

흰색 사발이 내 앞에 놓이면 나는 그릇째 들고 진한 김칫국물 육수부터 마시곤 했는데, 그러노라면 불과 몇 분 전 누군가와 치고받았던 날 선 감정과 마음 속 가득하던 악다구니가 순식간에 사라졌다. 그리고 한 모금 더. 그렇게 세 번 정도는 국물을 들이켠 후에야 비로소 젓가락을 들 수 있었는데 육수 속에 담긴 국수 타래가 스르륵 풀릴 때면 잔뜩 엉켜 있던 내 마음도 풀어지곤 했다. 이 집의 김치말이 국수는 당시 내게는 최고의 신경 안정제였다.

'이북만두'라는 상호에서 알 수 있듯 이 집은 원래 이북식 만두를 전문으로 하는 집이었다. 하지만 어느 순간부터 김치말이 국수와 김치말이 밥이 더 유명해졌다. 나를 이곳으로 인도했던 직장 동료 역시 만둣집이 아닌 김치말이 국숫집으로 소개했을 정도다.

2005년만 해도 서울시청 주변에는 오래되고 낡은 건물들이 많았다. 구 시청 본관 건물 뒤편의 무교동 골목은 미로 같았다. 그때부터 지금까지 이 집은 시간이 층층이 내려앉은 기와를 머리에 이고 여전히 같은 자리에 서 있는데, 그 모습은 미로 속 미노타우로스를 연상시키기도 한다.

한동안 이 집의 존재를 잊고 있다가 얼마 전 지하철 1호선을 타고 시청역을 지나갈 무렵 갑자기 이곳이 떠올랐다. 다른 역에서 내려야 했지만 충동적으로 지하철 문을 박차고 나왔다. 오랜만에 찾은 서울시청 뒷골목은 새롭게 올려진 건물들로 예전의 모습을 찾기 어려웠는데, 기억을 더듬으며 두리번거리다 노브랜드 버거 건물 뒤에서 '이북만두'라고 적힌 작은 간판을 발견했다.

나는 어떤 주술에 걸린 것처럼 골목을 따라 들어갔다. 높은 빌딩들이 우뚝 선 골목은 옛 모습이 거의 사라지고 없었지만 미로의 흔적은 희미하게나마 남아 있었다. 그리고 이 집의 낮은 기와지붕은 여전히 같은 자리에서 나를 기다리고 있었다. 무려 8개의 빌딩으로 둘러싸인 이 집은 무인도처럼 보이기도 했다. 그 순간 안도감은 조급함으로 변하며 나도 모르게 발걸음이 빨라졌다. 예전엔 마당에 자리 잡은 테이블을 제외하고는 좌식 테이블이었는데, 지금은 모두 입식 테이블로 바

꿰어 있었다.

나는 2005년의 어느날처럼 하얀 국수 사발을 앞에 두고 앉아 있다. 사발에는 화려한 색상의 김칫국 국물이 가득 담겨 있고, 그 속엔 국수 타래가 꽃처럼 앉아 있다. 가늘게 채 썬 오이와 얇게 저민 고기 한 점, 잔뜩 끼얹은 통깨, 무심하게 던져 넣은 것처럼 보이는 얼음 조각들이 만들어내는 색상의 대비가 강렬하다. 서로 다른 식재료들이 명확하게 구분되며 만들어내는 인상은 유명한 팝아트 포스터를 보는 듯한 느낌마저 들게 한다.

곰곰이 생각해 보니 예전엔 더운 여름에 많이 찾았던 음식이었지만, 이 음식은 냉면처럼 겨울에 먹어야 그 맛을 더 잘 느낄 수 있는 음식일 수도 있겠다 싶다. 김치말이 국수의 육수는 김칫국물에 고기 육수나 동치미 국물을 섞는 것이 일반적인데 이런 육수 제조 방법은 냉면과 크게 다를 바 없기 때문이다.

면을 좋아하지 않는 사람들은 김치말이 밥을 주문하기도 한다. 어차피 같은 국물에 국수를 마느냐 밥을 마느냐의 차이라고 생각하겠지만, 사실 김치말이 국수와 김치말이 밥 사이엔 밀가루 전분과 쌀 전분 사이에서 느낄 수 있는 미묘한 맛의 차이가 있다. 이 집 국수는 소면이 아닌 중면을 쓰는데, 옥수수면이나 치자 가루를 섞은 면을 사용해 향이 더 좋게 느껴진다.

밥을 말 경우에는 밥 속의 전분이 육수에 진하게 풀어져 국수를 먹을 때와 비교해 단맛을 조금 더 느낄 수 있다(개인별 미각의 차이는 있을 수 있다). 나처럼 많이 먹는 사람은 김치말이 국수로 먼저 주문하고 나중에 공깃밥을 추가로 주문해 이 둘을 함께 말기도 한다. 한 음식에서 두 가지 맛을 볼 수 있는 일종의 치트 키라고나 할까?

당연하다는 듯 만둣국도 주문한다. 항상 곁들이던 빈대떡도 반 접시 추가. 더 당연하다는 듯 소주도 한 병.

만둣국 그릇이 테이블에 놓이자마자 강렬한 후추 향이 훅 치고 올라온다. 그 뒤로 오랫동안 잘 끓인 고깃국물 냄새가 묵직하게 따라온다. 이 집 만둣국 국물은 간이 잘 되어 있어 따로 손을 댈 필요가 없다. 이 녀석 역시 국물 한 모금으로 먼저 시작한다. 어른 주먹만 한 손만두가 오랜만에 찾은 나를 반긴다.

만두피는 조금 두터운 편인데 그 모습이 조금은 투박한 편이다. 앞접시에 만두 한 덩이를 올리고 조심스럽게 반으로 갈라 파 진액이 잘 녹아든 간장을 붓는다. 피 안에는 잘 다져진 고기와 두부, 파, 숙주가 빈틈없이 뭉쳐져 있다. 강하고 자극적인 양념의 향과 맛에 길든 요즘 사람들은 이게 무슨 맛이지, 하는 생각을 하게 만드는 슴슴함이다. 마치 평양냉면처럼, 처음엔 무슨 맛인지 몰라 고개를 갸웃하지만 어느날 자신도 모르게 그 맛의 노예가 되어 있다는 것을 알게 될 것이다.

빈대떡 맛도 여전하다. 한 젓가락 집으면 진한 고사리 향이 먼저 올라오고 녹두 향이 바로 뒤를 따른다. 입안에 넣으면 느껴지는 배추와 녹두 알갱이의 묘한 식감.

그래 이 맛과 식감을 절대로 잊을 순 없지.

기본 찬은 이북식 김치와 오뎅볶음(어묵이 아니라 오뎅이라고 해야 제대로 맛이 나는 것 같은 느낌) 두 가지. 전혀 변하지 않았다. 나는 오뎅볶음을 특히 좋아하는데, 기본 간만으로 팬에 볶아 싸구려 오뎅에서 느낄 수 있는 단맛과 향을 기가 막히게 뽑아냈다. 게다가 이북식 김치는 어찌 그리 칼칼한지. 이런 김치를 내는 곳이니 당연히 김치말이 국수가 맛있을 수밖에 없지 않은가.

문득 오늘 저녁 술 약속을 이 집으로 할 걸 그랬나 하는 후회도 잠시 든다. 얼마 전 인사이동을 당해 당분간의 삶이 피곤해질 것 같은 옛 직장 후배들과의 술자리 약속인데, 이 집의 기억을 공유하고 싶다는 생각이 슬금슬금 피어난다. 나는 일상의 고단함은 맛있는 음식으로 어느 정도는 치유가 가능하다고 믿는 편이다.

오뎅볶음을 한 젓가락 집어 입속에 넣으니 머릿속에서 필름이 영사기 돌 듯 차르르 돌아간다. 이 집에서 먹었던 김치말이 국수와 이북식 만둣국, 굴림만두, 빈대떡, 고추전 등등 다양한 음식들의 줄줄이 나오며 추억을 끄집어낸다. 맞다. 맛은 기억이다.

내게는 미로와 같던 골목마저 풍경이 되어 강렬한 기억으로 남은 집. 이제 좀 자주 찾아야겠다.

서울 명륜동

명륜손칼국수

진한 소고기 육수에 담긴 부들부들한 칼국수면
두툼한 수육과 문어가 한 접시에 올라가는 반반 수육
하루 휴가를 내고서라도 찾아야 하는 칼국숫집

주소	서울 종로구 혜화로 45-5
전화번호	02-742-8662

자고로 사람은 명륜손칼국수를 먹어 본 사람과 못 먹어 본 사람으로 나뉜다. 칼국수든 수육이든 내 짧은 필력으로는 도저히 묘사 불가한 수준의 맛! 언제 문을 닫을지 몰라 조마조마하기만 하니, 한 번이라도 더 찾고 싶다.

우리나라에서 밀가루를 이용한 면 음식이 대중화된 것은 언제부터일까? 밀가루의 대중화는 한국전쟁 때 미군이 밀을 지원하고 구호물자로 풀면서부터라는 의견이 지배적이다.(일본의 밀가루 음식의 역사도 우리와 비슷하다.) 그 이전에도 밀가루로 음식을 만들지 않은 것은 아니지만, 우리나라 기후가 밀을 재배하기가 어려운 탓에 밀은 귀하고 비싼 식재료로 대접받았다. 그렇기 때문에 밀가루 음식은 지금보다 접근성이 훨씬 떨어졌다.

밀가루를 이용해 음식을 만들어 내는 식당은 한국전쟁 이후 우후죽순 생겨났고, 1960년대 후반 박정희 정권이 분식 장려 운동을 펼치면서 한국인의 끼니에서 중요한 한 축을 담당하게 됐다. 이 시기에 일본에서 들여온 기술로 인스턴트 라면을 생산하며 밀가루 대중화의 불을 댕겼는데, 가정집에서는 칼국수나 수제비를 만들어 먹기 시작하며 한층 더 친숙해졌다. 이런 과정을 거치며 '밀가루=칼국수'라는 공식이 자리 잡기 시작했고, 요식업계에도 칼국수 집들이 성행하게 됐다는 것이 정설이다.

서울에도 그 당시 생겨난 칼국수 집들이 많은데, 특히 성북동과 혜화동 일대는 '국시집', '혜화칼국수', '명륜손칼국수' 등 내로라하는 유명한 칼국수 집들이 즐비한 칼국수의 오래된 성지라고 해도 모자람이 없다. 이 중에서 내가 가장 좋아하는 칼국수 집은 '명륜손칼국수'다.

명륜동明倫洞이라는 이름은 성균관(지금의 성균관 대학교)에 있는 명륜당明倫堂에서 기원했는데, 명륜손칼국수라는 이름도 같은 지명에서 따온 것이리라. 혜화동 로터리에서 성북동(또는 올림픽기념관) 쪽으로 쭉 올라가다 보면 찾을 수 있다.

이 집은 찾아가기도 어려울뿐더러 시간도 잘 맞춰야 한다. 오전 11시 반에 문을 열어 재료가 소진되면 문을 닫는데, 그 시간이 보통 오후 2~3시 정도다. 나 역시도 시간을 놓쳐 발길을 돌려야 했던 적이 몇 번이나 있다. 정성을 들여야 하고 웬만한 인연이 아니고서는 맛조차 볼 수 없는 집이다. 직장인이라면 큰마음 먹고 휴가를 낸 뒤에 찾아야 할 정도로 칼국수 한 그릇 맛보기가 만만치 않다.

이 집 칼국수는 멸치 육수가 아닌 소고기를 푹 삶은 국물을 사용한다. 여기에 손으로 치댄 면을 삶아서 담아낸다. 이 과정에서 밀가루의 전분기가 고기 육수에 풀어지며 국물이 굉장히 걸쭉하고 진하게 탈바꿈하는데, 이것이 바로 이 집 칼국수의 가장 큰 특징이다. 실제로 칼국수가 나오자마자 그릇째 들고 육수 한 모금을 마셔 보면 이 집 칼국수가 왜 최고인지 바로 알 수가 있다. 어지간한 해장국집보다 이 집 국물이 훨씬 더 해장에 좋다고 말할 수 있을 정도다.

많은 칼국숫집이나 평양냉면집에서 수육과 같은 안주를 함께 내는 것을 쉽게 찾을 수 있는데, 이는 육수를 내기 위해 삶은 고기를 그대로 활용할 수 있다는 이점이 있기 때문이다. 맛 좋은 고기 육수를 내는 집에는 맛 좋은 수육이 있는 이유가 바로 여기에 있다.

명륜 손칼국수의 면은 투박함 그 자체이다. 투박한 외모의 늙은 사장님이 매일 직접 반죽하여 칼국수 면을 뽑는다. 칼국수 면이 사장님을 꼭 닮았다. 면이 두께도 다르고 너비도 모두 다르다. 수십 년을 한자리에서 면을 쳤으니 이젠 몸에 인이 박혔을 터. 그래서 이 집 칼국수 면을 먹을 때면 경건한 마음도 자연스레 생긴다. 두텁지만 부드러운 식감의 칼국수 면에 그야말로 명장이라 부를 수 있는 사장님의 인생도 함께 반죽되어 있다. 서울, 아니 전국 어느 곳의 칼국수 집을 가더라도 이 집과 같은 식감과 맛을 내는 곳을 찾을 수 없다. 감히 어느 누가 반죽의 기포가 어떻니, 숙성이 어떻니 하는 기술적인 트집을 잡을 것인가? 다른 곳도 아닌 명륜인데 말이다. 사장님의 인생이 스며든 면과 육수를 누가 어떤 기준으로 재단할 수 있을까? 우리는 그저 지금 이 시간, 이 집의 음식을 먹을 수 있다는 사실 하나에도 기뻐하고 그 자체를 즐겨야 한다. 그것이 우리가 이 집 사장님께 보낼 수 있는 최고의 경외이자 최소한의 예의이다.

두툼하게 썰어 낸 수육을 한 점 맛보면 좋은 고기를 사용했다는 것을 단번에 알 수 있다. 육질이 부드럽기가 이루 말할 수 없다. 삶는 것도 잘 삶아 젓가락으로 수육 한 점을 들어 보면 고기가 찰랑대면서 탄성 있게 흔들리는 것을 볼 수 있다. 맛은 더 말해 무엇할까.

이 집에서 즐겨 먹는 수육은 '반반'이다. 수육과 문어를 한 접시에 반씩 담아 내준다. 두 가지 맛을 한 번에 느낄 수 있는 합리적인 방법이다. 함께 나오는 초장에 숙회 한 점 찍어 먹으면 도저히 낮술의 유혹을 참을 수 없다. 직장인이라면 맘 편하게 휴가를 사용하라고 말씀드리는 것도 맨정신으로 이 집을 나선다는 것은 상상도 할 수 없기 때문이기도 하다.

명륜손칼국수의 음식을 먹고 있노라면 한편으로는 아련한 마음이 들기도 한다. 사장님이 워낙에 부지런한 분이라 새벽부터 나와 고기를 삶아 육수를 만들고 면을 뽑아 최고의 음식을 선보이고 있지만, 이젠 세월의 흐름을 이기지 못하고 육체적인 한계에 직면한 듯 보인다. 더군다나 이 일을 이어받을 후계자가 없는 것 같아 지금의 사장님에서 대가 끊어질 수 있으니 이 집을 좋아하는 사람의 입장에서 안타까움이 정말이지 크다.

아무튼 이 집은 영업하고 있을 때 부지런히 드나들어야 하는 집 중의 하나다. 명륜손칼국수의 음식을 오래오래 먹을 수 있기를 간절히 기원한다.

서울 여의도

진주집

진득한 닭 육수 속에 또아리를 튼 면발
역작이라고 할 수 있는 겉절이김치와 한 입
우리나라 최고의 닭 칼국수!

주소	서울 영등포구 국제금융로6길 33 지하 1층
전화번호	02-780-6108

> 고수의 품격은 같은 재료를 사용하더라도 전혀 다른 결과물을 만들어 낸다는 점에서 범인凡人의 그것과 차이가 있다. 닭 육수를 제대로 낸 이 집 닭칼국수 국물 한 모금이면 이 말의 명확한 뜻을 알 수 있을 것이다.

최신식 빌딩이 휘황찬란하게 솟아있는, 뉴욕 월스트리트를 연상케 하는 우리나라 금융과 경제의 중심지인 여의도에도 오래된 노포가 있다. 그 중 하나가 바로 1974년도부터 영업을 시작한 '진주집'이다.

진주집이 위치한 곳은 이름도 낯선 '여의도 백화점' 지하 1층. 젊은 세대들은 여의도에 그런 백화점이 있었냐며 놀랄 만도 하겠지만, 1983년 여의도의 유일한 백화점으로 개점했다가 두 번의 부도를 맞으며 백화점의 기능을 상실해 버린 곳이라고 한다. 지금은 여러 상가와 사무실들이 입주한 건물로 사용되고 있다. 이 건물의 지하 1층에 자리한 진주집은 여의도에서 가장 맛있는, 아니 서울 시내에서 가장 맛있는 닭칼국숫집이다.

이 집은 닭칼국수로도 유명하지만, 친척이 운영한다는 서울시청 근처의 '진주회관'과 함께 '서울 3대 콩국수집'으로도 이름난 곳이기도 하다. 그러나 웬만하면 음식을 가리지 않는 초빼이지만 그다지 즐기지 않는 음식도 몇 가지 있는데, 그중 하나가 바로 콩국수다. 그래서 이 집을 찾으면 항상 닭칼국수만 주문한다.

이번에는 마눌님과 장모님을 모시고 함께 찾았는데, 몇 년 전 이곳 닭칼국수를 처음 접해보았던 장모님께 이 집에 간다고 말씀드리니 좋지 않은 컨디션에도 함께 가자고 하셨다. 나 역시도 진주집에 간다고 하면 아픈 몸을 질질 끌고서라도 나설 것이 분명하다.

．

투박한 스테인리스 용기에 담긴 닭칼국수는 테이블에 오르기도 전에 향이 먼저 온다. 진득하면서도 달콤한 향이 코끝을 간지럽힌다.

닭칼국수 그릇이 테이블에 놓이자마자 급한 마음에 양손으로 그릇을 잡고 육수부터 한 모금 마신다. 충무로 '사랑방 칼국수'의 국물이 칼칼한 멸치 육수의 국물이라면 진주집은 진한 삼계탕 국물에 더 가까운 느낌이다. 닭 육수 특유의 구수하면서도 달짝지근한 맛이 칼국수 국물에 잘 녹아있다. 육수를 낼 때 닭 껍질이나 다른 부분들을 전혀 넣지 않아 기름기를 거의 느낄 수 없을 정도의 깔끔한 맛도 이 집 닭 칼국수의 가장 큰 장점 가운데 하나다. 먹을 때마다 너무나 만족스러워 영혼을 팔아서라도 이 집 육수 비법을 배우고 싶다는 생각을 한다.

이 한 모금의 국물을 위해 막히는 경인고속도로를 뚫고 인천 송도에서 한 시간 반이나 걸려 여의도까지 왔지만, 그 수고를 충분히 보상받고 남았다. 딱 한 모금의 육수에 며칠 전 마셨던 술도 해장 되는 것 같다.

닭 칼국수의 그릇은 조금 적은 듯 하지만(면 성애자로 어느 집에 가도 항상 느끼는 바이다), 내용물은 의외로 풍성하다. 전분을 머금어 끈적하다고 할 정도로 짙은 닭 육수 국물 속에 칼국수 면이 얌전하면서도 단단하게 똬리를 틀고 있고, 그 위로 손으로 잘 찢은 닭가슴살이 한 움큼 얹어져 있다. 그 옆으로 이 집의 또 다른 별미인 아기 주먹만 한 손만두 두 덩어리까지 세팅 완료. 양념 된 파가 고명으로 올라가 있는데, 칼국수 한 그릇 안에 청홍백의 색감까지 조화롭게 맞추고자 일부러 신경 쓴 부분이 눈에 보인다. 마치 잘 지어진 조형미 가득한 건축물을 보고 있는 것 같다.

이런 디테일한 부분에 대한 집착이 진주집의 닭 칼국수를 다른 여느 집의 그것과는 전혀 다른 수준으로 올려놓았을 것이다.

이 집 닭 칼국수의 맛을 극대화시키는 치트 키는 찬으로 나오는 겉절이다. 채 썬 무와 당근을 새빨간 양념으로 버무린 이 겉절이는 겉으로 보기에는 굉장히 매워 보이는데 한 입 먹어 보면 의외로 부드럽고 달콤한 맛을 느낄 수 있다. 그야말로 재료의 맛을 잘 이끌어 낸 역작이다. 칼국수 한 젓가락을 입에 넣고 먹다가 이 겉절이 한 조각을 더 하면 이 세상 어떤 진미가 부럽지 않다. 이날 겉절이만 두 번을 리필해 먹었다는 것은 비밀 아닌 비밀.

다행히 콩국수를 남편보다 더 사랑하는 마눌님은 예상대로 콩국수를 선택했다. 전분 가루처럼 미세하고 부드럽게 갈려진 콩가루가 육수를 만나 진득한 콩국물로 변신했다. 정유되기 전 걸쭉한 원유를 보는 듯한 느낌이다. 마눌님의 권유로 콩국수 한 젓갈을 먹어보니, 이제껏 먹었던 콩국수와는 전혀 다른 맛과 식감을 느낄 수 있었다. 그러나 딱 여기까지. 역시 내 취향은 닭 칼국수 쪽이다.

함께 주문한 만두도 좋다. 속이 살짝 비치는 실루엣을 가진 접시만두는 고기와 배추, 당면 등의 속에 간을 해 잘 빚어 냈다. 적절한 촉촉함과 식감을 가졌다. 칼국수나 콩국수 한 그릇으로 부족함을 느낄 수 있는 사람들에게 딱 좋은 보충제 역할을 한다.

진주집을 알게 된 것은 6~7년밖에 되지 않았지만, 아직 이 집 닭 칼국수의 수준을 넘어서거나 근접한 집을 만나지 못했다. 콩국수 또한 '서울 3대 콩국수 집'이라고 하니 콩국수 마니아들은 더욱 이 집의 가치를 인정할 것이다.

이곳 역시 여의도에 몇 남지 않은 노포로서, 그리고 칼국수와 콩국수의 지존으로 오래도록 문을 열어두길 바라는 마음만 가득하다. 이 집에 딱 한 가지 아쉬운 점이자 가장 큰 단점은 술을 팔지 않는다는 것이다.

서울 광화문

평안도만두집

고깃국물 속 무심한 듯 담겨 있는 만두 몇 알
약간은 쿰쿰한 맛이 오히려 매력적인
진심 가득한 어른의 만둣국

주소   서울 종로구 새문안로3길 30 도렴구역
            제18지구

전화번호   02-723-6592

이북 음식의 여러 장점 가운데 '슴슴함'과 '깔끔함'만을 골라 극대화시킨 곳이다. 편의점 음식이나 자극적인 패스트푸드에 길들여진 분이라면 이곳의 순수한 음식을 먹으며 잠시 면죄부를 받을 수 있다.

대개는 추운 날씨가 이어지는 겨울에 따끈한 국물 음식을 많이 찾지만 오히려 나는 가을에 더 생각난다. 한여름 따가운 햇빛에 고생하다가 겨드랑이 밑으로 스윽 들어 오는 가을바람의 서늘한 기운에 감기의 기운을 느끼곤 하기 때문이다. 그럴 때면 자연스레 몸과 마음을 따뜻하게 보듬어 줄 음식을 찾게 되는데, 만둣국이 내게는 그런 존재다.

경남 마산이 고향인 나는 스무 살을 기점으로 '만두'라는 음식을 대하는 방식이 달라졌다. 스무 살 이전의 만두는 집에서 가끔(일 년에 한 번 정도) 만들어 먹는 별미 수준이었지만, 스무 살 이후의 만두는 서울 사람들처럼 명절 음식이자(그러나 고향에서는 먹을 수 없는), 한 끼 식사 그리고 요리 차원의 음식으로 격상되었다. 결코 끝나지 않을 것 같던 고단한 자취생활의 한편에는 학교 근처 식당에서 먹던 인스턴트 만둣국(아마도 '고향만두'였겠지)이 꽤 비중 있는 자리를 차지하고 있다.

이 자리에서 소개할 만둣국 집은 내게는 비장의 무기와 같은 곳이다. 광화문, 정확하게는 세종문화회관 뒤편 국민카드 빌딩에 자리한 '평안도만두집'은 서울시립교향악단의 직원으로 근무하던 시절 꽤 자주 찾았던 곳이다. 처음 찾았던 것은 2005년 여름이었던 것으로 기억한다. 그때도 이 집에 식사하러 가자고 하던 직장동료들이 많지는 않아 혼자 간 경우가 많았다. 그 당시 젊고 세련된 직장 동료들은 아마도 이 집의 슴슴한 만둣국을 그다지 좋아하지는 않았던 것 같다.

이 집의 음식은 멀건 국물 속에 대충 빚어 놓은 것 같은 만두 대여섯 덩어리가 대충 담겨 있고 그 위에 손으로 무심하게 찢은 소고기 살이 성의 없게 고명으로 얹어진 것이, 어떻게 보면 약간은 볼썽사납게 보이기도 한다. 그러나 이 집 만두의 맛을 알고 있는 사람에게 이 집의 음식은 묵묵하게 자신의 길을 걸어가는 고집 있는 한 남자의 등을 보는 것 같은 느낌을 준다.

국물은 맑지만 가볍지 않다. 한 모금 맛보면 진한 고기 냄새가 깃들어 있다. 고깃국물 속에는 대충 주물러 만든 것 같은 만두 몇 알이 들어 있는데, 보기엔 투박하지만 실제로 맛보면 이 집 만두는 정말 어디서도 찾을 수 없는 진미다. 얇게 뜬 피 안에 좋은 재료를 잘 다지고 숙성시켜 담았는데, 한 입 베어 물면 쿰쿰하다고 할 수 있는 냄새가 슬그머니 피어올라

입안에 가득 찬다. 아, 어쩌면 이게 바로 '어른의 맛'이 아닐까 싶다. 인생의 쓴맛과 단맛을 모두 겪어본 자만이 알아볼 수 있는 그런 맛 말이다.

만둣국을 주문하면 내주는 반찬들 역시 몇 년 전과 비교해 하나도 변하지 않았다. 자극적이지 않은 무채와 사라다(이건 '사라다'라고 불러야 그 맛을 제대로 나타낼 수 있다), 그리고 뭔가가 약간은 부족한 듯싶은 희멀그레한 김치, 이렇게 딱 세 가지가 나오는데 하나같이 만둣국과 기막힌 조화를 이뤄낸다. 간이 강하지 않아 메인 음식인 만둣국의 향과 맛을 해치지 않고 잘 뒷받침해 주는, 절대로 선을 넘지 않는 절묘한 수준의 반찬들이다. 심지어 사라다의 마요네즈 맛도 이 집 만둣국 국물과 미친 듯이 잘 어울린다고 하면 믿을 수 있을까?

우리는 가끔 음식을 만드는 사람을 너무 쉽게 보는 경향이 있다. 하지만 음식을 만들고 조리하고 설계하는 과정에는 정말 많은 고민과 과학적인 사고가 필요하다. 재료들의 궁합과 양념의 종류, 간의 세기, 음식의 양을 따져야 하고 재료의 수급도 신경 써야 한다. 고민해야 할 부분들이 한두 가지 아니다(그러니 '퇴직하면 우리 마누라가 칼국수를 잘하니 칼국숫집이나 하지' 같은 이런 무책임한 소리는 말라는 것이다). 그 모든 고민들이 이 집의 만둣국에는 담겨 있다.

이 집의 또 다른 별미는 김치말이 국수다. 한여름 더위를 잠시나마 잊게 하는 데는 안성맞춤인 녀석이다. 주황색 김치 육수 국물 속 얌전히 타래를 틀고 들어앉은 국수 가락과 그 위에 살포시 얹힌 삶은 계란 반쪽의 자태는 먹기에 아깝다는 생각이 들 정도로 단아하고 예쁘다.

　야근으로 피곤함에 지친 저녁, 함께 소주 한 잔 마실 이를 찾지 못한 날이면 이 집으로 발길을 돌렸던 적이 많다. 흥겹게 만두전골을 즐기는 사람들 속에서 혼자 구석 자리를 잡고 앉아 만둣국이나 김치말이 국수에 빈대떡이나 제육 한 접시를 시켜놓고 소주잔을 들이켰다. 아마도 그 당시 굉장히 많은 외로움을 탔던 것 같다. 나이는 서른 중반을 넘어 마흔으로 향하고 있었고 모아놓은 재산도, 물려받을 것 하나 없던 시절 (물론 지금도 물려받을 것이 없는 건 마찬가지지만), 당연히 결혼에 대해서는 언감생심 꿈도 꾸지 못하던 시간이었다. 남의 집 귀한 딸내미를 데려다 생고생시키는 것이 너무나 싫어 몇 년은 더 혼자 살아가야겠다고 결심했던 것도 평안도만두집에서였다. 세상은 너무나 많은 것들을 이뤄내라 요구했고, '할 수 있음'과 '능력 없음'을 구분하지 못하며 스스로를 객관적인 시선으로 바라보지 못하는 데서 오는 자괴감과 좌절감에 빠져 있던 그런 나날들을 이 집에서 홀로 소주를 마시며 보냈다. 흘러나오는 한숨을 평안도 만둣국의 밋밋한 국물에 조금씩 녹여 냈다. 그렇게 그 시절을 보내며 이 집의 음식이 내게 소울푸드가 되었다.

아직도 이 집을 찾을 때면 예전의 내 모습이 생각난다. 지금과는 조금 다른 좌식과 입식 테이블이 공존하던 어중간한 시절, 초삐이도 삶의 어중간한 시간을 그 집과 함께 보냈던 것이다. 다행히 이제는 마눌님과 함께 이 집을 찾아 만둣국과 김치말이 국수, 빈대떡을 즐기고 있다. 굳건히 버티고 지나면 모두 추억이 된다. 다행이다.

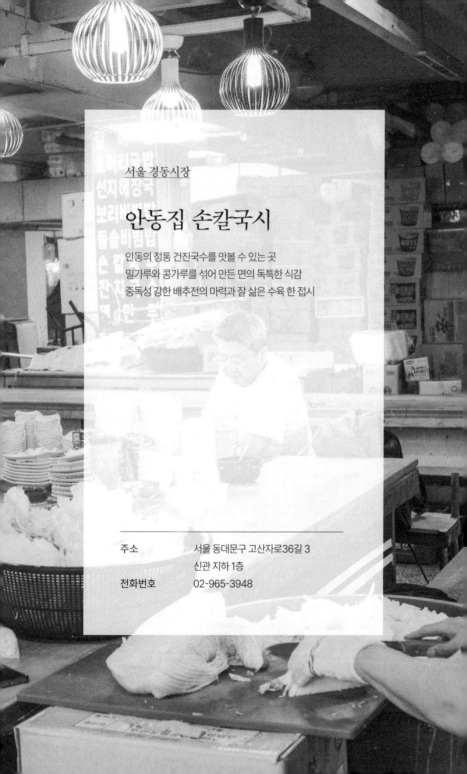

서울 경동시장

안동집 손칼국시

안동의 정통 건진국수를 맛볼 수 있는 곳
밀가루와 콩가루를 섞어 만든 면의 독특한 식감
중독성 강한 배추전의 마력과 잘 삶은 수육 한 접시

주소	서울 동대문구 고산자로36길 3
	신관 지하 1층
전화번호	02-965-3948

내게는 경상도 음식이 과하게 맵거나 혹은 많이 짠 음식이라는 선입견이 있다. 경남 마산에서 태어나 20년을 살다 서울로 올라온 내게 경상도 음식에 대한 기억은 어릴 적 기억에 의존할 수밖에 없다. 게다가 그 기억들도 전남 나주 출신의 어머니 덕분에 집에서가 아닌, 친척 집의 음식에서만 느꼈던 그런 한정된 기억이다.

여하튼 내게 친척 집 음식은 정말 더럽게도 맛없는(?), 그리고 맵고 짠 음식으로 기억되어 있다(제발 이 글을 그들이 보지 않았으면 한다). 이런 기억은 경북 음식까지(거기도 경상도니까) 그 영역을 확장해 경북 음식도 꽤 맛없는 음식으로 낙인찍고 살아왔던 것이 사실이다. 하지만 이런 선입견이 처참히 무너지게 된 계기가 있었으니, 바로 경동시장 '안동집'에서 맛 본 투박한 칼국수(안동국시)와 배추전을 먹고 나서다.

안동국시(국시는 국수의 경상도 사투리)는 일반적으로 건진국수와 누름국수, 이 두 가지 국수를 함께 일컫는 말이다. 누름국수가 서민들의 국수였다면 건진국수는 양반가의 음식이라고 할 수 있다.

건진국수는 다른 지역의 국수와 몇 가지 차이가 있는데, 우선 면을 만들 때 밀가루와 콩가루를 7:3 비율로 골고루 배합해 가늘게 썰어 낸다. 반죽은 한두 시간 치대고 하루 정도 숙성한다. 콩가루는 찰기가 부족해 반죽하는데 조금 힘이 든다고 한다. 국물은 집안마다 차이가 있지만 은어, 양지머리, 닭이나 꿩으로 낸다. 고명 또한 국물을 낸 재료를 활용해 은어살을 올리거나 양짓살을 쓰기도 하고 닭이나 꿩고기도 사용한다. 그리고 먹기 전 간장으로 간을 하는데 이때는 조선장을 쓴다. 단순히 칼국수라 생각했는데 알면 알수록 어렵고도 복잡한 음식이다. 많은 집안의 종가가 모인 안동 지역이다 보니 생겨난 독특한 음식 문화라고 할까.

조선은 유교 국가였고 제례를 중하게 여기던 사회였다. 한 집안의 중심이자 제례의 주체인 종가는 제례음식뿐 아니라 그 제례를 찾은 사람들을 위한 음식도 만들어야 했다. 그 음식들은 대를 이어가며 전수되고 시간이 흐르며 각 종가의 비법까지 더해져 종가만의 독특한 특성이 만들어졌다. 한편으로는 대단하고 또 한편으로는 부럽기도 하다. 이런 국수를 먹을 수 있다는 것, 그 자체만으로도 가슴 뿌듯함을 느끼아 할 듯

싶다.

안동집은 경동시장 신관, 옛 이마트 건물 지하에 자리 잡고 있다. 30여 년 넘게 시장의 흥망성쇠를 지켜보며 한 자리에서 꾸준히 시장 사람들의 허기를 달래주던 이곳은 멸치와 채소로 우려낸 소박한 국물에 밀가루와 콩가루를 배합해 만든 면을 풀어 국수를 만들어 낸다. 보기에는 맑고 가벼워 보이는 국물이지만, 한 모금 마셔보면 깊은맛을 가지고 있다는 걸 알게 된다. 약간의 까칠함마저 도는 국수 면의 식감은 어디서도 찾아볼 수 없는 이 집만의 특징이다.

이 집은 국수에 배추를 많이 사용하는데 국수에 함께 곁들이는 배추전도 기가 막히다. 안동집의 배추전은 아마도 내가 먹어 본 배추전 중 가장 '아무 맛없어 최고인' 그런 배추전이다. 최강의 슴슴함을 갖췄기에 최고로 맛있는 음식이 되었다.

큰 배춧잎 두어 개 숨을 죽여 팬에 올리고 묽게 푼 밀가루를 한 국자 떠서 얇게 부어주면 그걸로 모든 과정이 끝난다. 그런데 이 간단한 음식을 만드는 과정을 조금만 더 깊이 들여다보면 그리 만만한 것이 아니라는 것을 알 수 있다. 밀가루 반죽은 밀가루 풋내가 나지 않게 잘 섞어 주어야 하고, 겉면이 타지 않게 잘 익혀야 하며, 또 그 와중에 배추를 너무 익혀 식감을 잃지 않도록 해야 한다. '가장 단순한 것이 가장 복잡한 것'이라는 말처럼 이 배추전 하나 지져내는 것조차 이토록 지난하다.

이 집의 배추전은 순수함 그 자체다. 배추라는 식물이 품고 있는 맛을 가장 충실하게 살려낸 음식이다. 배추전을 젓가락으로 집어 양념장에 찍어 입에 넣으면 '좋구나!' 하는 감탄을 내뱉지 않을 수가 없다. 누구의 손길도 닿지 않은 처녀지를 발견했을 때와 같은 느낌이라고 할까. '이 완벽한 순수함의 맛을 오늘 이 자리에서 느끼는구나!' 하는 생각이 음식을 먹는 내내 떠나지 않는다.

이 집에서 잊지 않고 꼭 먹어야 할 또 하나의 아이템은 칼국수를 내주기 전에 내는 조밥이다. 다른 칼국수 집에서 내는 보리밥과는 차원이 다른 까칠함이 특징이다. 나도 조밥은 경험해 보지 못한 음식인데, 부모 세대는 춘궁기가 오면 쌀 이외의 다른 곡식(조, 수수, 기장 등)으로 밥을 해 끼니를 이었다는 말을 들은 적은 있다. 그 세대들에겐 아마도 추억의 음식일 듯하다. 얼마 전까지 쌀과 조의 비율이 1:1이었는데, 최근에 다시 방문해 보니 쌀, 보리, 조가 섞인 잡곡밥이 되었다. 약간은 아쉬운 부분이다.

이 집에만 가면 항상 과식하게 되는데 그 주범 중 하나는 수육이다. 깔끔하게 삶아 나온 수육을 배춧잎에 얹고 구수한 된장과 다진 마늘, 고추를 올려 먹으면 막걸리나 소주를 주문하지 않을 수 없다. 게다가 수육 한 접시에 단돈 만 원만 받으니 누가 이를 마다하겠는가. 시장 상인들과 시장을 찾는 어르신들을 주 고객으로 하다 보니 음식의 가격도 시내의 다른 집과 같이 막 올릴 수 없다. 손님들에겐 다행이지만 사장님의 입장에서는 마음이 불편할 수도 있겠다 싶다.

그야말로 모든 음식이 마음에 들고 모든 음식에 욕심을 낼 수밖에 없는 그런 집이다. 오래된 시장의 허름한 건물 지하에 있지만 이 시장에서 안동집만큼 환하게 빛을 내는 곳은 없을 것이다.

한동안 찾지 못하였는데, 다시 찾아야 할 듯하다. 가게 좌석이 아닌 앞쪽에 있는 시장 매대에 앉으면 배추전 지지는 소리도, 칼국수 내는 모습도 모두 앞에서 듣고 볼 수 있다. 시장 음식이 이토록 매력적이다.

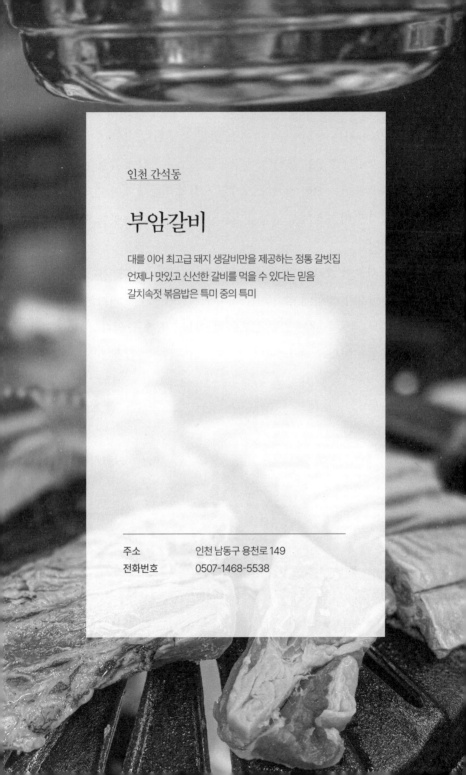

인천 간석동

부암갈비

대를 이어 최고급 돼지 생갈비만을 제공하는 정통 갈빗집
언제나 맛있고 신선한 갈비를 먹을 수 있다는 믿음
갈치속젓 볶음밥은 특미 중의 특미

주소	인천 남동구 용천로 149
전화번호	0507-1468-5538

사장님께서 좋은 고기만을 선별해 직접 포를 떠서 내주는 집. 육즙이 가득 흘러넘치는 돼지 생갈비의 매력은 오직 이 집에서만 느낄 수 있다. 갈치속젓으로 만드는 젓갈 볶음밥도 빼놓을 수 없는 안줏거리.

사람과 사람 사이에 인연이 있듯, 사람과 식당에도 인연이 있다고 생각한다. 어느 날 길을 걷다 우연히 만나기도 하고, 지인을 따라 찾았다가 먼저 다니던 지인보다 더 깊은 인연을 맺기도 하며, 기대하고 찾았다가 깊은 실망감을 느껴 다시는 발걸음을 하지 않게 되기도 한다. 아무 기대 없이 찾았다가 마음속 깊이 담아두는 그런 인연도 있다.

사람과의 인연에는 많은 요소들이 작용하지만 사람과 식당의 인연에는 음식이 가장 큰 기준이 된다. 그러니 얼마나 명료한가. 하지만 여기서 끝이 아니다. 한번 맺어진 인연은 마치 얇은 유리병 같아서 세심하게 다루지 않으면 깨지기 쉽다. 한 발짝만 잘못 디디면 무너질 수 있기에 소중하게 다가가야 한다. 때론 사람들 간의 어설픈 인연보다 좋은 음식을 내는 식당과의 연이 더 소중하고 값지게 느껴질 때도 있다. 사람에게 못 받는 위로를 음식에서 받을 수 있기 때문이다.

인천 간석동에는 누구에게 소개해도 부끄럽지 않은 고깃집이 있다. 나와는 10년 넘게 연을 맺은 곳이다. 인천 남동구 간석오거리역 근처에 자리 잡고 있는 '부암갈비'가 바로 그곳이다. 방송에도 많이 소개된 곳으로, 모르는 사람보다 아는 사람이 훨씬 더 많을 것이다. 평일에도 '웨이팅은 기본, 포기는 선택'이라는 공식이 적용되는 곳이다.

어느 날 이 집이 몇 달 넘게 문을 닫았다. 은근히 걱정이 됐다. 몇 년 전 이 집 1대 사장님이 건강이 좋지 않아 한동안 매장에 얼굴을 비추지 않았던 적이 있었기 때문이다. 하지만 이번에는 내부 인테리어 인테리어 공사 때문이라는 것을 알고 안심하게 됐다.

새 단장을 했으니 찾아가는 것은 당연한 일. 부암갈비를 찾던 날, 함께 동행했던 분이 사장님과 굉장히 잘 아는 분이라 오래된 베테랑 직원들과도 인사를 나누며 대기 줄에 합류했다. 이곳은 아무리 단골에, 아무리 사장님과 친해도 지인찬스 따위는 통하지 않는다. 30여 분을 넘게 밖에서 기다리다 겨우 입장했다. 3월이지만 저녁 바람엔 겨울의 흔적이 여전히 남아 있던 날이었다.

부암갈비는 사장님이 직접 갈비 부위를 선별, 구매해서 포를 떠서 손님에게 낸다. 다른 고깃집 갈비에는 목살이나 다른 부위가 포함되기도 하지만 이 집은 오직 갈비 부분만 사용한다. 이곳을 다닌 10여 년 동안 한 번도 질 나쁜 고기나 잡내나는 고기를 먹어본 적이 없다. 이 집에 가면 언제나 맛있고 신선한 고기를 먹을 수 있다는 신뢰가 가슴속 깊이 자리하고 있다.

빈자리에 앉자마자 생갈비 2인분(두 판)을 주문했다. 이 집 고기는 워낙 질이 좋다 보니 불판 위에 오래 올려놓아도 퍽퍽해지지 않는다. 양념이 전혀 없는 생갈비지만 고기를 입안에 넣으면 고소함이 가득 찬다. 요즘 유행한다는 드라이 에이징이나 워터 에이징과 같은 스킬을 사용하지 않아도 최고의 수준의 맛을 보여준다.

최고의 맛을 낼 수 있는 부위만 선택하다 보니 재료의 로스loss가 많다. 이 집의 고깃값이 다른 고깃집에 비해 조금 비싼 것도 이 때문이다(사실 인천의 돼지고깃집 중 가장 비싼 편이다). 하지만 몇천 원 더 지불하는 돈이 이 집에서는 전혀 아깝지 않다. 다이어트 한 지갑을 한 달 더 가지고 다니면 된다. 우리가 돈이 없지 가오가, 아니 맛을 모르는 사람이던가?

이번에 찾아가니 약간의 변화가 있었다. 건강을 회복한 후 다시 매장에 나오신다던 1대 사장님과 부인 분의 모습이 보이지 않았다. 직원들도 거의 모두 바뀌었는데, 예전에 계시던 베테랑 직원 한 분만 남아 있었다. 조금 이상한 느낌이 들어 직원께 여쭤보니 1대 사장님의 건강이 다시 악화되어 병원에 계신다고 한다. 여자 사장님께서도 간병을 위해 매장에 나오지도 못하는 상황이다. 현재는 2대 사장님이 주도해 매장을 운영하고 있다. 이 때문에 매장에서 직접 포를 뜨던 갈비도 고기 납품업체에서 받게 되었다고 한다.

입안으로 털어 넣는 소주잔의 빈도가 더 잦아졌다. 고기 2인분을 추가했다. 여전히 갓김치는 몸을 움츠러들게 할 정도로 농익어 있었고, 고추장아찌는 식도를 긁고 내려가는 듯 매웠다. 어느 정도 시간이 흐르자 직원분이 아이스크림 컵에 계란을 풀어 계란말이를 만들어 주신다. 돼지기름에 구운 계란말이는 이 집만의 별미이자 트레이드 마크이기도 하다.

마지막은 젓갈 볶음밥. 부암갈비의 대표적 소스 중 하나인 갈치속젓을 넣어 볶은 젓갈 볶음밥은 고기로 기름진 입안을 깔끔하게 씻어내 준다. 은은히 피어오르는 쿰쿰한 젓갈 향이 굉장히 매력적이다. 영화 〈중경삼림重慶森林〉에서 눈물을 흘리지 않기 위해 달리기를 한다던 금성무처럼 나도 허한 마음을 다스리기 위해 음식을 먹는다. 금세 젓갈 볶음밥을 다 먹었지만, 속은 뭔가 빈 듯 허하기만 하다.

오랜만에 찾은 부암갈비는 흔들리지 않는 소나무처럼 굳건히 자리하며 여전히 맛있는 음식으로 사람들과의 연을 이어가고 있었다. 가게를 나오는데 많은 이들이 밖에서 기다리고 있었다. 그 긴 줄을 보며 '이래야 부암이지'하는 생각이 떠

올랐다.

　몇 년 전부터 2대째 사장님에게 가업을 물려주기 위한 준비를 하는 듯했는데 그나마 다행이다. 명나라 말기의 격언집으로 '동양의 탈무드'라 불리는 『증광현문增廣賢文』에는 "장강후랑추전랑長江後浪推前浪　일대신인환구인一代新人煥舊人"이라는 구절이 나온다. "장강의 앞 물결은 뒷 물결에 밀리고, 새로운 인물은 옛사람을 대신한다"라는 의미다. 자연스러운 승계이든 환경의 변화에 의한 승계이든 ──이렇게 노포의 한 대가 시들고 새로운 세대가 그 뒤를 잇는다. 이 집과 오랜 시간 인연을 이어 온 사람으로서 부암의 행보에 좋은 일만 생기도록 기원한다.

이 글을 쓰는 2024년 4월 18일, 부암갈비가 임시 휴무를 했다. 갑작스러운 상을 당했다고 공지한 것을 보면 아마도 1대 사장님의 상인 것 같다. 삼가 고인의 명복을 빕니다.

인천 구월동

돈불1971

은근한 연탄불에서 굽는 제주산 돼지 오겹살
간장 불고기와 고추장불고기도 그냥 지나칠 수 없는 집
청국장 술밥으로 완벽한 마무리까지

주소   인천 남동구 문화서로28번길 19-1
전화번호   070-4383-9865

📝 "연탄재 함부로 발로 차지 마라. 너는 한 번이라도 제주 돼지를 뜨거운 연탄불에 올려 구워 보았는가?" 인천에서 제주산 돼지고기구이의 맛을 제대로 느낄 수 있는 몇 안 되는 집이다. 단 고기 주문 순서는 반드시 지킬 것.

인천은 1883년 개항을 통해 일본인과 중국인 그리고 미국인과 영국인들이 몰려들었던 우리나라 최초의 국제도시였다. 물론 일제의 수탈을 위한 강제 개항이었지만, 이런 역사적 배경을 바탕으로 인천에는 전국 최대 규모의 차이나타운이 자리 잡게 되었으며 그로 인해 화상이 운영하는 중국집이 가장 많은 중화요리의 성지가 되기도 했다.

인천 사람이라면 모두가 짜장면이나 짬뽕만 먹을 것 같지만, 인천에도 의외로 유명한 고깃집들이 꽤 많다. 생갈비로 유명한 '부암갈비'나 양질의 고기로 유명한 '강원정육식당', 지금은 주인이 바뀌었지만 뛰어난 가성비로 소고기를 탐닉할 수 있었던 '우주정육점', 그리고 제주 돼지 연탄석쇠구이로 유명한 '돈불1971' 같은 곳 등을 손에 꼽을 수 있다.

인천 구월동 관교 음식문화의 거리에 있는 돈불1971은

2010년도 개업 때부터 제주산 돼지고기를 내는 집이었는데, 허름한 외관과 달리 고기의 질이 굉장히 좋아 자주 찾았던 집이다. 특히 연탄 아궁이에 석쇠를 올려 돼지고기를 초벌해 내주는데, 당시에는 접하기 힘든 강력한 불향과 식감으로 꽤 인기를 끌었다. 요즘이야 초벌구이니 석쇠구이니 하며 다양한 형태의 고깃집들이 있지만 그 당시 인천에서는 이런 방식으로 고기를 내주는 집이 그리 흔하지 않았던 형태였다.

게다가 당시 돼지 고깃집들은 대부분 손님들이 직접 구워 먹는 방식이었지만 이곳에서는 직원들이 연탄불에서 초벌 한 후 테이블에 가져와 직원들이 다시 구워주는 방식을 고수했다. 이런 방식은 예전의 '가든'이나 대형 고깃집 말고는 거의 없었기에 조금 부담스러우면서도 한편으로는 신선하기도 했다.

내 기억으로는 당시 인천 지역의 돼지고깃집에서 연탄을 열원으로 사용하는 집은 거의 없었는데, 이 집은 연탄을 사용했고 대폿집 같은 클래식한 인테리어로 손님들의 호응을 얻었다. 요즘 한창 부는 레트로 열풍과 비슷하다고 할까. 이 집이 인기를 끌면서 인천에서는 한동안 연탄구이 열풍이 일었고, 이 집의 콘셉트와 심지어 상호까지 카피하는 집들이 생겨났을 정도니 그 인기를 짐작할 수 있다.

이 집의 시그니처 메뉴는 '제주오겹살구이'다. 제주산 돼지 오겹살을 석쇠에 얹어 연탄 위에서 구워낸다. 뜨거운 연탄의 열기에 돼지고기가 품고 있던 기름이 한 방울씩 맺히면 고기 집게로 탁탁 터는데 그때마다 화려한 불쇼가 벌어진다. 강하게 솟아오른 불꽃이 고기의 겉면을 익히기도 하지만 강한 불향을 입히는 역할도 동시에 하는 것이다.

이렇게 초벌구이를 하는 모습을 지켜보고 있으면 나도 한 번 따라 해보고 싶은 생각이 일기도 한다(사실 캠핑 때 화로대에 석쇠를 올려 많이 따라 하기도 했다). 연탄 위에서 여러 번 놀린 오겹살의 표면이 조금씩 색을 바꿔 갈 무렵, 숙련된 직원의 손은 스뎅 접시에 고기를 올려 손님에게 낸다. 그리고 테이블의 무쇠 철판 위로 다시 자리를 옮긴 오겹살은 시간이 지날수록 점점 모습을 다듬어 가는데, 이즈음이면 불판에 올려진 멜젓(멸치젓)이 조금씩 끓어오르기 시작하며 진한 향을 피워올린다.

기나긴 기다림 끝, 뱃속에 자리 잡은 거지들이 고기 냄새에 농성을 시작한 지 오래, 마침내 작은 종지에 묵은지를 깔고 파채를 올린다. 그리고 멜젓에 적신 오겹살을 올려 한 입 가져간다. 당연히 소주 한 잔은 뒤를 따라야 한다.

이 집 오겹살을 좋아하는 이유는 불판 위에서 오래 구워도 돼지껍질 부분이 딱딱해지지 않는다는 것이다. 보통 껍질이 있는 고기를 불판 위에 오래 두면 씹기 힘들 정도로 딱딱해지는데 이 집의 고기는 그렇지 않다. 시간이 흘러 사장님과 친분이 생겨 여쭤보니, 본인이 20대 때 고기 전문가들에게 배웠던 기술이라는 답만 돌아왔다. 나름의 비법인 것이다.

항정살을 추가해 금세 다 먹어 치우고 간장 불고기와 고추장 불고기를 바로 주문했다. 그런데 이 집에는 재미있는 룰이 있다. 고기를 주문하는 순서가 있다는 것이다. 손님이 아무리 우기고 윽박질러도 주문 순서를 지키지 않으면 그 전 과정의 고기를 주문할 수 없다. 반드시 양념 되지 않은 고기(오겹살, 목살, 항정살 등)를 먼저 주문한 후, 간장 불고기를 주문하고 마지막으로 고추장 불고기를 주문해야 한다.

이런 순서를 두는 이유는 처음부터 양념이 된 고기를 먹게 되면 양념이 안 된 제주산 고기의 담백한 맛을 절대 느낄 수 없기 때문이라고 한다. 이 순서로 인해 가끔 술 취한 손님들이 직원들에게 언성을 높이는 경우도 있다고 한다.

은근히 양념이 배어 있는 얇게 저민 고기는 파채와 함께 구워져 나오는데, 테이블에 오르자마자 피어오르는 은은한 파 향과 불향이 그렇게 매혹적일 수가 없다. 게다가 너무 달기만 한 다른 집의 간장 불고기와는 달리 약간은 심심한 느낌의 간장 양념에 숨어 있는 적절한 달콤함은 정말 '건강한' 달콤함이라고 할까.

고추장 불고기는 꽤 매워 강렬한 임팩트를 주며 이마에 땀을 송골송골 맺히게 만든다. 청양 고춧가루와 고추장을 적절하게 배합한 양념인데, 무겁지는 않지만 꽤 깊이가 있는 매운 맛을 선사한다.

마무리는 청국장 술밥이다. 개인적으로 이 집 사장님께 청국장 전문점을 내시라고 권하고 싶을 정도로 맛있다. 옛 방식의 청국장과는 조금 다른 느낌의, 뭐랄까 거하게 술을 마신 다음 날 '해장은 뭘 할까?' 하고 생각하다 보면 떠오르는, 칼칼하고 시원한 맛의 청국장이다.

밥 한 공기를 통째로 말아 한 숟갈을 입에 넣으면 내가 먹은 음식이 식도부터 위장까지 어떻게 내려가는지 알 수 있는 그런 기분이 든다. 입에 넣으면 괴로울 것이라는 것을 이미 알면서도 어쩔 수 없이 입안에 넣게 되는 그런 맛이다. 하지만 아는 맛이 더 무서운 법. 게다가 해장에 좋은 것들이 술안주로도 정말 좋다는 것은 웬만한 초빼이들은 다 아는 사실이니 더 이상의 사족은 붙이지 않으려 한다.

이 집은 내가 적용하는 노포의 기준에는 그 업력이 조금 미치지 못하지만 강력한 매력을 가진 고깃집이라 소개했다. 앞으로 20년 넘게 더 운영하셔서 신흥 강자가 아닌 진정한 노포로 뿌리내리길 기원한다.

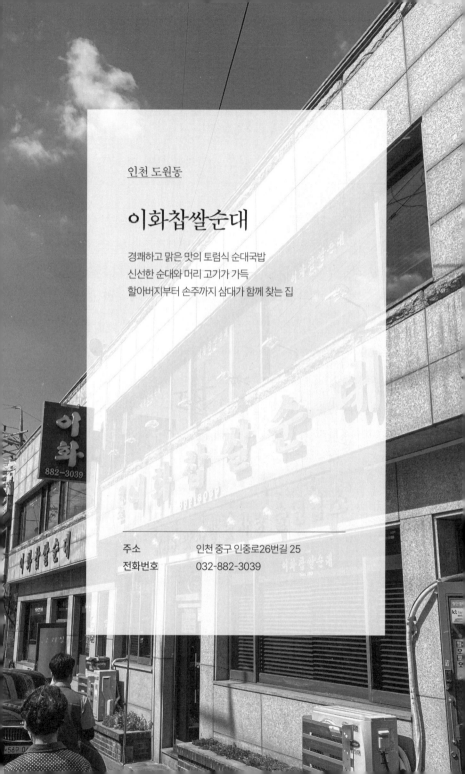

인천 도원동

이화찹쌀순대

경쾌하고 맑은 맛의 토렴식 순대국밥
신선한 순대와 머리 고기가 가득
할아버지부터 손주까지 삼대가 함께 찾는 집

주소	인천 중구 인중로26번길 25
전화번호	032-882-3039

그야말로 인천 사람들의 소울푸드. 이 집 순댓국의 맑은 국물을 한 모금 마시면 마음과 영혼이 함께 정화되는 것을 느낀다. 인천 사람 중 이 집을 모르는 사람이라면 인천 사람이 맞는지 살짝 의심해 봐도 된다.

술을 좋아하는 사람이라면 결코 싫어하지 못할 음식이 바로 국밥이고, 그 중에서 가장 많이 찾는 국밥 중 하나가 순대국밥일 것이다. 여기에도 이미 전국의 유명 순댓국집을 몇 곳 소개했는데, 이번에 소개하는 곳 역시 자신만의 브랜드를 확실히 구축해, 하나의 장르가 되어가는 집이라고 해도 무방하다. 게다가 인천에서 태어나 살아온 사람들은 웬만하면 다 알고 있는, 이 집에 대한 추억 하나쯤은 가지고 있는, 그야말로 인천 토박이들에게는 소울푸드와 같은 순댓국을 내는 곳이다.

인천의 구시가라 할 수 있는 중구 도원동에는 인천에서 가장 오래된 몇몇 집이 한 집 건너 하나씩 들어서 있다. 얼마 전까지만 해도 인천의 순댓국집 계보를 양분하던 '이화찹쌀순대'와 '시정순대'가 건물 하나를 사이에 두고 자리 잡고 있었고(시정순대는 폐업), 그 골목 귀퉁이를 돌면 인천에서 가장 오래된 해장국과 갈비탕을 파는 곳이 떡하니 버티고 있었다. 이 자리에서 소개하는 집은 인천 사람이라면 모르는 사람이 없는 '이화찹쌀순대'다.

내가 이 집 순대를 제대로 느끼기 시작한 것은 약 2~3년 전부터다. 전국의 내로라하는 순댓국집은 대부분 뼈를 우려 내 만든 굉장히 진한 국물을 자랑하는데, 이 집 국물은 고기(내장과 머리 고기)를 우려 내어 경쾌하고 맑은 것이 특징이다. 마치 봄날의 산뜻한 바람처럼 느껴진다고 할까. 순댓국 안에는 머리 고기부터 다양한 부속물들을 푸짐하게 들어있는데, 이 또한 그렇게 신선하고 맛있기 이를 데 없다.

이 집의 가장 큰 특징은 토렴식 순대국밥이라는 것이다. 오랜 역사를 가진 국밥집에서는 자주 찾아볼 수 있는 특징이기도 하다(100년 이상의 역사를 자랑하는 나주곰탕 하얀집도 토렴식 국밥을 낸다). 토렴식 국밥을 볼 때마다 토렴이라는 형태는 어쩌면 가장 인간 친화적인 음식 담음새가 아닐까 하는 생각이 든다. 보온밥통이 없던 시절, 큰 솥에 밥을 해 놓고 주문이 들어오면 뚝배기에 밥을 푸고 국솥에 걸쳐 국자로 국물을 끼얹으며 밥과 뚝배기를 데운다. 이를 몇 번 되풀이하면 밥과 밥을 담는 그릇까지 따스하게 데워져 식사를 하는 내내 온기를 품은 국밥을 먹을 수 있다. 또한 토렴하는 과정에서 밥알이 분리되고, 그 사이에 국물이 스며들어 밥을 더 맛있게 변화시킨

다. 멋모르는 사람들은 음식을 국에 담갔다가 다시 내준다고
오해할 수도 있지만, 그런 일은 이해의 부족에서 오는 오해라
고 할 수 있다.

　이 집 매장 입구에는 흔히 볼 수 없는 광경이 있는데, 바로
매장 입구에 만들어 놓은 조리대에서 돼지머리 고기를 썰고
있는 장면이다. 가게에서 가장 오래된 연차의 직원이나 사장
님(사장님이 직접 하시는 걸 자주 봤다)이 직접 썬다. 이 집 순댓국
의 내용물로 들어가는 가장 맛있는 부위를 삶아서 식히고 잘
라내는데 어떻게 아무 손에나 맡길 수가 있으랴. 게다가 가게
입구에 이런 장소를 마련해 놓은 것은 이 집이 얼마나 신선한
재료를 쓰는지 손님에게 직접 확인시켜 주는 쇼윈도 역할도
한다. 소비자 입장에서는 맛에 대한 기대와 신뢰가 자연스럽
게 생겨나는 것이다. 덤으로 도마에서부터 집기까지 '이렇게
깨끗하게 관리하려면 어떻게 해야 해요?' 하고 묻고 싶을 정
도로 관리가 잘 되어 있어 위생에 대한 믿음까지 저절로 가지
게 된다.

　순댓국은 주문하자마자 상에 오른다. 붐비는 식사 시간대
가 아니라면, 어지간해서는 주문 후 1~2분 이내에 국밥이 앞
에 놓인다. 국물 온도는 대략 75도에서 80도 정도로 양손을
넓게 펴서 그릇을 잡고 한국물을 들이켜기 딱 좋은 상태다.
토렴을 해서 내기 때문에 가능한 것이다.

크게 국물 한 모금을 들이켠 후 변주를 시작한다. 어떤 이는 새우젓을 풀어 간을 맞추기도 하고, 어떤 이는 다진 양념을 풀어 맵기를 조정한다. 들깻가루를 추가해 자신의 기호에 맞게 새로운 맛을 만들어 내는 이도 있다. 예전에 나는 깍두기 국물을 부어 맛을 조절하곤 했는데 요즘은 자제하는 편이다. 대신 매운 고추를 많이 넣는 걸로 취향이 바뀌었다.

이 집에서 순댓국보다 더 빛나는 존재가 하나 있는데 그것은 바로 이 집만의 비법으로 만든 깍두기다. 위에서 언급한 것처럼 깍두기 국물을 더하는 손님이 많아 깍두기를 일부러 국물이 많이 나오는 멀건 형태로 만들었다. 이 집 깍두기는 매운맛보다는 단맛이 조금 강해 국밥과 함께 먹으면 감칠맛을 크게 올려주는 역할을 한다.

이 집 순댓국에는 찹쌀을 넣어 만든 순대(비닐 순대 아니다)와 머리 고기 등이 푸짐하게 들어있다. 순댓국을 많이 먹어본 사람들은 잘 알겠지만, 순댓국 재료들은 한번 먹어 보면 선도가 어떤지 금방 알 수 있다. 오소리감투나 귀때기 살이 입에 씹힐 때의 그 신선한 식감과 맛은 아는 사람만 안다.

양이 조금 부족하다 싶으면 '특국밥'을 주문하면 되지만, 나처럼 음식의 총량을 중요하게 생각하는 사람은 추가로 순대나 모둠을 더 시키는 것을 선호한다. 게다가 이런 좋은 안주를 앞에 두고 소주 한잔 걸치지 않는다는 것은 말도 안 되는 일이다. 2주 전 운동을 마치고 지인들과 함께 이 집을 찾았을 때도 대낮부터 소주 다섯 병을 마셨으니 더 이상 말을 덧붙일 이유가 없을 듯하다.

이 집을 찾는 손님들의 구성은 스펙트럼이 넓다. 갓 걷기 시작한 아이부터 연세가 많은 어르신까지 다양한 연령대의 사람들이 찾는다. 아버지가 가족들과 함께 찾아 한 끼 식사를 하고, 그 아들이 다시 자기 자식을 데리고 이 집을 찾는다. 삼 대에 걸쳐 맛의 대물림이 일어나는 장면을 어렵지 않게 볼 수 있다.

전반적인 음식 가격도 요즘의 살인적 물가 상승세를 감안하면 나쁘지 않다. 내 기억으로도 이 집은 음식값을 많이 올리지 않는 집 중의 하나다. 음식을 만들고 관리하고 내는 모든 행위들에 포함되는 노동력과 재료비의 인상률을 감안하면 오히려 저렴한 가격이 아닐까 싶다. 특히 높은 수준의 청결도를 유지하는 이 집의 노력을 그 가격에 포함시켜야 한다면 더 이상의 설명은 사족에 불과할 것이다.

이 집은 노포들의 모범이 되는 집이다. 이곳에 오면 음식을 먹기 전부터 마음이 따스해지는 것을 느낄 수 있다.

인천 내동

경인면옥

인천 최고의 평양냉면을 맛보는 일
간장으로 간을 한 짙은 육수 속 단아한 냉면 타래
곰삭은 인천식 김치가 맛을 더한다

주소	인천 중구 신포로46번길 38
전화번호	0507-1404-5770

평냉을 사랑하는 사람들은 꼭 거쳐야만 하는 순례지다. 간장으로 살짝 간을 한 육수는 완벽한 밸런스를 자랑하며 슴슴한 서울의 냉면과는 또 다른 풍경을 보여준다. 아, 나는 왜 전날 술을 마시지 않았던 것인가.

나 같은 자발적 돼지에게 여름을 나는 건 여간 힘든 일이 아니다. 무거운 몸을 조금만 움직여도, 아니 숨만 쉬어도 저 질스러운 몸뚱이는 한 동이의 땀을 쏟아낸다. 이럴 땐 시원하면서도 기운을 북돋을 수 있는 음식이 필요한데, 평양냉면만큼 이에 어울리는 음식이 없다. 전국 도처에서 활동 중인 평냉 애호가들은 저마다의 '냉부심'을 내세우며 '평양냉면은 겨울 음식'이라며 타박하겠지만, 차가운 육수와 부드러운 메밀 면이 어울려 만들어내는 치명적인 유혹은 여름에 더 유효한 것이 사실이다.

나름 꽤 많은 평양냉면집을 찾아다니며 깨달은 것은 모든 평양냉면집에는 각자의 고유한 DNA가 존재한다는 것. 음식을 만드는 손맛, 다양하게 들어가는 꾸미의 선택과 조합, 밍밍하지만 결코 평범하지 않은 육수, 그리고 툭툭 끊어지는 메밀의 배합 비율 등 많은 부분에서 저마다의 평냉 DNA가 만들어진다. 이 고유의 DNA 덕분에 평냉 고수들은 육수의 맛이나 꾸미가 올려진 사진 한 장만 보고서도 '이건 어느 집의 냉면이다'라고 분별해 내지 않는가. 나는 여전히 구분 불가능한 을지면옥과 필동면옥의 차이를 단번에 구분하는 사람들을 보면, 마치 스트라디바리우스와 과르네리 바이올린의 소리만 듣고도 척척 구별해 내는 사람들을 보았을 때처럼 감탄스럽기만 하다.

이른 아침 인천 차이나타운 인근에 업무차 갔다가 식사나할까 하고 '경인면옥' 근처에 주차했던 시간이 오전 10시 50분. 잠깐 기다렸다가 문을 여는 11시에 들어가니 첫 손님이 되었다. 입구 쪽 자리에 앉아 냉면과 돼지고기 수육을 주문. 음식이 나오길 기다리는 시간 잠깐 동안 다른 손님들이 들어와 자리는 금세 찼다.

한동안 경인면옥의 냉면은 내게는 인천에서 맛볼 수 있는 조금 특색 있는 평양냉면 정도였다. 간장으로 간을 한 육수가 조금은 특별한, 딱 그 정도 집이었던 것. 그러나 이번 방문에서 뭔가 다른 느낌을 가지게 됐다. 영화 〈미녀는 괴로워〉에서 주인공이었던 김아중 씨가 전신 수술을 마치고 나온 후의 모습을 본 느낌이라고나 할까.

테이블에 앉으면 물이나 면수 대신 따뜻한 육수를 컵에 담아 내준다. 굉장히 진한 육향을 내뿜으면서도 간이 잘 된 육수를 한 모금 마시고 나면 입안에 짙게 남는 고기 향이 더위 때문에 잊고 있었던 식욕을 끌어 올려준다. 금세 육수 한 잔을 비우고 한 번 더 따라 마시면 몸이 조금 더 건강해지는 듯한 느낌이 든다.

냉면 그릇이 앞에 놓이자마자 들이켠 육수가 이날은 범상치 않다. 물론 이전의 육수도 나쁘지 않았지만, 이 날따라 육수가 굉장히 안정적이다. 예전에는 잔가시 같던 미미한 간장내가 느껴졌는데, 이번에는 그걸 전혀 느낄 수 없다. 이런 완벽한 밸런스의 육수는 이날 경인면옥에서 처음 느꼈다.

조금 전 마셨던 따뜻한 육수의 향이 남아있는 상태에서 차가운 냉면 육수가 더해지자 진한 육향과 감칠맛이 배가 된다. 뜬금없이 어제'만' 마시지 않았던 술의 해장 욕구마저 솟구친다. 냉면 육수 한 모금에 어제 술을 마시지 않았던 것을 후회하게 되다니, 이런 일도 흔치 않을 터. 꾸미가 흐트러지지 않도록 조심스럽게 육수 한 모금을 더 들이켠다. 아, 오늘에서야 이 집 냉면 육수의 참맛을 느낄 수 있다니! 수많은 냉면 고수들이 경인면옥 육수가 비로소 자리를 잡았다며 칭찬한 글들을 그동안 많이 봤는데, 실제 느껴보니 기대 이상이다.

꾸미를 조심스레 육수에 밀어 넣고 메밀면 타래를 풀었다. 메밀면 사이로 젓가락을 집어넣어 두어 번 휘저으니 금세 풀려버리는 타래가 내 마음과 같다. 젓가락질 몇 번에 한낮의 열기는 사라져 버린다. 역시 여름도 냉면의 계절이 맞다. 여름엔 이만한 음식이 없다.

　평냉 그릇이 바닥을 보이기 시작할 때쯤 돼지고기 수육도 나왔다. 혼자 먹기엔 조금 부족해 보이긴 하지만 점심부터 폭식할 순 없다며 마음을 진정시킨다. 조금 작은 사이즈에 얇은 두께지만 짙은 색의 돼지고기 수육이 꽤 먹음직스럽다. 껍질까지 함께 삶아낸 수육에서 조금씩 배어 나오는 육즙도 마음에 든다. 수육을 주문하면 소주의 유혹을 참기가 어려울 것 같아 이전에는 만두만 주문했는데(사실 만두에도 소주를 잘 마신다), 이제껏 수육을 맛보지 않았던 것을 이렇게 후회할 줄이야.

　수육 한 점을 접시에 올리고 쌈장을 찍은 마늘 하나를 더하면 더 이상 부릴 욕심도 없다. 아삭하게 썹히는 마늘의 식감에 이어 느껴지는 보들보들한 수육의 식감이 완벽하다. 그러나 이 집 수육을 진정으로 맛있게 먹는 방법은 함께 나온 김치 한 조각을 올려 먹는 것. 이러면 정말이지 최고의 맛을 느낄 수 있다. 잘 익은 인천식 김치의 곰삭은 맛이 기름진 수육의 풍만함과 어우러지니 넘치지도 않고 부족하지도 않은 완벽한 조화가 이뤄진다.

　순간 차를 가지고 온 것을 강하게 후회한다. 나보다 조금 늦게 자리를 잡은 어르신들은(아마도 단골이신 듯하다. 그리고 어느 노포를 가도 이런 분들은 꼭 한두 분씩 있다) 이 집 종업원과 둘만이 아는 암호로 '보약'을 주문했는데 아마도 우리가 익히 짐작하는 그 보약이 맞을 듯하다.

음식을 먹을 때 메인 음식에만 집중하는 경우가 많지만, 가끔 함께 나오는 찬이 메인 음식과 환상의 조화를 이루며 맛을 극한까지 끌어올리는 경우를 가끔 본다. 경인면옥의 김치와 돼지고기 수육이 바로 이런 경우다. 이런 집들의 주방장은 메인 음식에만 신경 쓰는 것이 아니라, 음식의 밸런스까지 고려하는 수준 높은 장인일 것이다. 아마 이런 점이 노포가 가진 숨은 힘 또는 저력이 아닐까 싶다.

오랜만에 찾은 경인면옥은 이전에는 몰랐던 새로운 기쁨을 안겨주었다. 비로소 안정감을 찾은 냉면에서 안도하고 처음으로 맛본 수육에 열광했다. '맛있는 음식은 누구나 만들 수 있지만, 기억에 남는 음식은 아무나 만들 수 없다'는 사실을 새삼스레 깨달을 수 있었다.

요즘처럼 기성품 같은 음식들이 넘쳐나는 상황에서, 자신만의 길을 견지하고 그 길을 지켜나가는 것이 얼마나 힘들면서도 굉장한 일인지 새롭게 깨닫는다. 부디 오래오래 자신만의 길을 지켜나가시길, 다음 세대에게도 이 좋은 음식을 맛보게 해주시길 기도하며 문을 나선다.

신성루

청요릿집 분위기 가득한 인천 중국집의 강자
중국식 가정요리 '자춘권'과 함께 즐기는 이과두주
고수 주방장의 솜씨를 느껴보시길

주소 　　　　　인천 중구 우현로 19-14
전화번호　　　032-772-4463

차이나타운을 찾는 관광객들은 잘 모르는, 현지인들이 주로 찾는 인천 중식 노포. 메뉴판을 채운 수십 가지의 요리에 놀라지 않을 수 없다. 자춘권뿐만 아니라 팔보채 등 어떤 메뉴를 주문해도 실패할 걱정은 없다.

짜장면이 시작된 인천에는 차이나타운에서부터 동인천, 그리고 부평까지 굉장히 많은 노포 중국집들이 아직도 영업을 계속하고 있다. '중화루', '혜빈장', '동락반점', '보화장', '연중반점', '복성루', '용화반점' 등 이름만 들어도 누구나 알 수 있는 기라성같은 중식 화상 노포들이 즐비하다. 인천에서 태어나 유년 시절을 인천에서 보냈던 사람들이라면 누구나 이들 집에 대한 추억거리 하나씩은 가지고 있을 것이다. 이 수많은 강자들 중 오늘 소개할 곳은 동인천의 '신성루'다.

차이나타운과는 조금 떨어진 인천지하철 수인분당선 신포역과 신포시장 사이에 자리하고 있는 이 집은 이미 많은 방송을 탔고 입소문도 널리 난 곳이다. 이 집에서 사람들이 가장 많이 찾는 음식은 삼선고추짬뽕과 탕수육. 하지만 이 자리에서 소개할 요리는 이 집의 시그니처 메뉴인 '자춘권'(炸春卷)이다.

비주얼을 보자면, 계란말이를 쉽게 떠올릴 수 있는데 맛이 의외로 매력적이다. 갖가지 채소를 수분을 빼고 튀기듯이(炸) 볶아 최소한의 간만 하고, 계란 지단을 얇게 부쳐 그 속에 넣고 말아 내는(捲) 음식인데, 요즘은 이 자춘권을 내는 곳을 찾기가 어렵다.

이 음식을 만드는 데는 재료 속에 있는 수분을 빼는 것이 관건이다. 속 재료인 버섯과 죽순, 고기, 해산물 등을 적절히 튀겨 수분이 나오지 않게 한다. 그리고 나서 계란 지단을 얇게 부쳐 그 위에 재료들을 올리고 말아서 완성한다. 손님상에 올릴 때는 김밥을 썰듯 두툼하게 썰어내어 층층이 접시에 담는다.

자춘권은 온기가 있는 상태에서 손님에게 내어야 한다. 그래야 음식의 향을 제대로 즐길 수 있다. 이렇듯 음식을 만드는 데 손이 많이 가고 시간도 꽤 요구되기 때문에 요즘의 일반 중국음식점에서는 만나보기가 쉽지 않다. 계란 지단이 찢어지지 않게 모양을 잡아야 하는 고난도의 기술도 요구된다. 또한 재료가 지닌 고유한 맛과 향을 제대로 살리기 위해서는 간을 최소화해야 하고, 이 속 재료들의 맛을 다 살리면서 계란의 향도 함께 내야 하니, 말로도 표현하기도 어려운데 만들기는 얼마나 어려울까.

이 음식은 중국인 가정에선 어머니가 해주는, 그래서 많은 중국인들의 어릴 적 기억에 남아있는 소울 푸드와 같다고 한

다. 가정마다 자춘권을 만드는 방법들도 다르고 맛도 제각각
이었다니 우리네 어머니가 해주시던 김치찌개나 된장찌개와
같다고나 할까.

  젓가락으로 한 점 집어 들면 잘 볶아진 속 재료들의 고유
한 향을 먼저 맡을 수 있다. 곧이어 계란 지단 냄새가 올라오
는데, 그 향이 어디선가 많이 맡아본 듯 낯설지가 않다. 잠시
오래된 기억을 더듬어보니, 오래전 부산 동래의 동래파전에
서 맡을 수 있던, 파전 위에 한 겹 올려진 그 계란 향과 거의
흡사하다.

  거침없이 한 조각을 입에 넣는다. 처음엔 담백함이 입안
전체를 맴돌다 이내 다양한 속 재료의 개별적인 맛과 향이 올
라온다. 재료의 맛과 향을 그대로 살린다는 것이 이런 의미이
지 싶다. 함께 준 간장소스를 찍어 맛보면 또 다른 풍성함을
느낄 수 있는데, 이 상황에서 어찌 술을 시키지 않을 수가 있
으랴.

  이런 음식에는 소주보다는 중국술이 더 잘 어울린다. 나는
공부가주나 연태고량 등 고급스럽고 부드러운 술보다는 야성
적인 매력이 넘치는 싸구려 이과두주를 더 선호하는 편이다.
거칠고 뒤끝이 살아있는 술들이 더 잘 어울리는 요리가 있는
데, 부드러운 자춘권 역시 이과두주와 궁합이 잘 맞다. 여기
에 '여덟 가지의 진귀한 재료와 채소'로 조리했다는 팔보채도

함께 주문했으니 더 말해 무엇할까. 이런 좋은 요리에 술 한 잔 곁들이지 않는다는 것은 음식을 만들어주는 주방장님에게도 예의가 아닐 것이다. 팔보채의 해산물과 채소들도 굉장히 선도가 좋다. 잡내가 전혀 느껴지지 않는다. 특히 오징어나 다른 재료들에 들어간 칼집을 보면 이곳 주방장님의 칼 쓰는 스킬과 정성이 범상치 않음을 확실히 알 수 있다.

이 가게에도 화교 상점의 대표적인 특징인 붉은색과 황금색이 곳곳에 녹아있다. 그러나 가장 기억에 남는 것은 1층 가게 안에서 2층으로 올라가는 옛날식 계단이다. 내 고향 마산의 시골집에도 다락으로 올라가는 이런 계단이 있었지 하는 추억을 자연스럽게 떠올리는 걸 보니, 이곳 역시 오래된 노포라는 것을 다시 한번 상기하게 된다.

신성루가 한때 번성했던 청요릿집이었다는 것을 일깨워주는 흔적은 메뉴판에서도 찾을 수 있는데, 바로 '상 요리' 메뉴다. 옛날 학교 앞 중국집에서 친구들이나 선배들과 함께 십시일반 해 먹던 메뉴를 여기서 다시 보게 될 줄이야. 상요리를 먹는 날은 정말 큰 행사가 있거나 뜻하지 않았던 돈이 생긴 날이었다. 오랜만에 오래된 중국집에 앉아 빛바랜 추억들과 잊고 지내던 이름들을 입안에서 굴려 본다.

이과두주의 진한 잔향이 아직 입안에 남아 있을 때 자리에서 일어난다. 이 포만감과 행복감을 조금 더 느껴보고 싶다는 욕심에 물 한 잔 마시지 않는다. 점점 태양이 그 높이를 더하고 사람들이 몰려오기 시작한다. 옛 정취가 물씬한 청요릿집에서의 좋은 식사와 낮술 한 잔에 바쁜 일상과 업무에 딱딱해졌던 마음이 조금이나마 풀어진다.

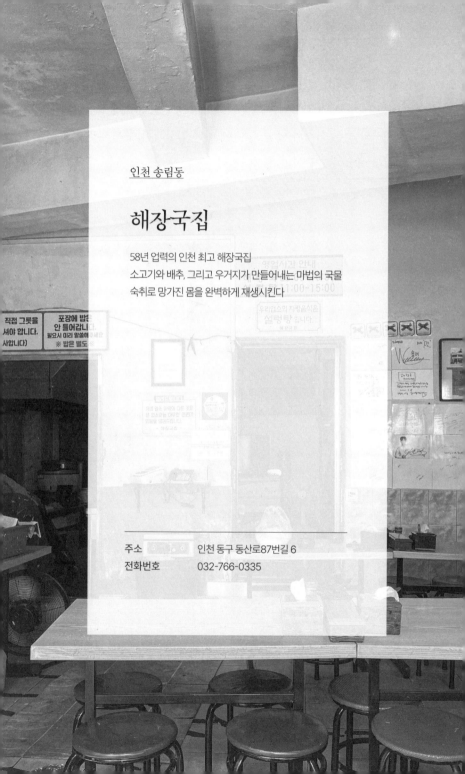

인천 송림동

해장국집

58년 업력의 인천 최고 해장국집
소고기와 배추, 그리고 우거지가 만들어내는 마법의 국물
숙취로 망가진 몸을 완벽하게 재생시킨다

주소	인천 동구 동산로87번길 6
전화번호	032-766-0335

은근한 연탄불을 사용해 만드는 육수, 그 육수를 가지고 해장국과 설렁탕이라는 마법의 국물을 만들어낸다. 해장국이냐, 설렁탕이냐 이것이 문제로다인데…… 초빼이는 고기가 더 많이 들어있는 설렁탕을 추천한다.

인천 동구 송림동 일대는 오래전 인천의 대표적인 빈민가였다. 일제 강점기 당시 상업 중심지였던 동인천과 인천항에서 일본인들에게 상권을 박탈당하고 중국 이주민들에게 일자리마저 빼앗긴 한국인들이 이곳에 모여들어 달동네를 만든 곳이 바로 송림동 일대다. 여기에 더해 한국전쟁 직후 전쟁으로 모든 것을 잃은 피난민들을 수용한 난민촌이 형성됐고, 1960~70년대 산업화 열풍으로 인한 공장지대가 생기며 전국에서 많은 노동자들이 모여들었다. 수도국산의 비탈진 경사지와 그 인근에 퍼진 판잣집들만 3천 개 이상이었다고 한다.

슬레이트로 지붕을 얹고 얇디얇은 판자로 벽을 세운 집에서 고단한 하루를 보내고 몸을 눕히면 가장 먼저 생각났을 것이 아마도 뜨끈한 고깃국 한 그릇이 아니었을까. 힘든 하루하루의 삶에 굳어버린 몸도 녹이고 가혹한 노동에 혹사당한 몸도 챙기기엔 그만한 음식도 없었을 것이다. 하지만 따끈한 고깃국은 가난한 노동자들의 삶 속에서는 쉽게 접할 수 있는 음식이 아니었다. 소설가 김승옥의 「서울, 1964년 겨울」이라는 소설에서처럼 25도가 넘는 희석식 소주 한 잔에 참새구이를 곁들이는 것이 현실에서 찾을 수 있는 최선의 선택이었을 것이다.

송림동의 '해장국집'은 딱 그 시절인 1964년에 문을 열었다. 번듯한 간판 하나 없이 주택가 입구의 평범한 건물 1층에서 영업을 시작했다. 변변한 가게 이름마저 적혀 있지 않다. 좁고 낡은 입구 문을 열고 들어서면 덩그러니 식탁 몇 개만 있고, 맞은편 공간에서는 열심히 탕을 끓이고 있는 주방이 들여다보인다. 이 배치는 개업 당시의 모습과 크게 바뀐 점이 없다.

이 집 메뉴는 딱 두 가지다. 설렁탕과 해장국. 어차피 같은 베이스의 육수를 사용하는 메뉴라 음식을 준비하는 사람 입장에서는 나쁘지 않은 선택이다. 육수를 끓이는 불은 연탄을 사용한다. 1970~80년대의 석유곤로, 1080~90년대의 LPG 가스, 그리고 최근의 도시가스나 인덕션까지 다양하고 간편한 열원을 쓸 수 있지만, 이 집은 여전히 개업 초기에 사용하던 연탄을 사용해 육수를 만든다. 효율성과 신속성만을 추구하는 요즘 시대의 풍조와는 거리가 있지만, '뭉근하게 오래'라는 말이 음식을 만드는 과정에 들어가면 그 음식의 격이 어떻게 달라지는지 아는 사람은 안다. 동인천의 오래된 백반집인 명월집의 김치찌개가 그 깊은맛을 아직도 이어 오고 있는 것도 뭉근하게 오래 끓일 수 있는 석유곤로라는 열원이 있기 때문이다.

이전 방문에서는 설렁탕만 먹었기 때문에 오늘은 일부러 해장국을 주문할 수 있는 시간에 왔다(사실은 전날 과음에 혹사한 속을 풀기 위해서다). 해장국을 주문할 수 있는 시간은 새벽 5시부터 오전 10시 30분까지인데, 이 시간대에는 정말 해장국만 먹을 수 있다.

투박한 뚝배기에 담겨 나오는 해장국은 여느 해장국집의 맵고 자극적인 그것들과는 달리 허연 국물의 소고깃국에 가깝다. 토렴 된 밥이 그릇의 바닥을 받치고 있고, 그 위로는 잘 삶아진 소고기와 배추, 우거지가 가득하다. 그리고 연탄불로 끓인 육수가 뚝배기를 한가득 채우고 있다. 이 집 해장국의 특징은 정말 잘 삶아진 소고기의 퀄리티와 국물만 휘저어도 순식간에 녹아내리는 것 같은 배추, 우거지를 품은 국물이라고 할 수 있다.

뚝배기 그릇이 식탁 위에 놓인 그 순간부터 해장은 시작이다. 해장국의 향을 먼저 맡아본다. 신선한 상태의 좋은 육질을 가진 고기를 사용한 게 분명하다. 향이 그렇게 맑고 깨끗할 수 없다. 뒤이어 옅은 배추 향이 올라온다. 진하게 농축된 배추 향을 품은 우거지가 잔뜩 몸에 힘을 주기 시작한다. 이내 바로 국물 한 숟갈을 떠서 입에 넣는다. 간이 되지 않은 순수한 고깃국물의 맛이 기가 막힌다.

소금을 녹이고, 한편에 준비된 채 썬 고추와 거칠게 갈아 놓은 고춧가루도 함께 넣는다. 적절한 칼칼함은 해장에 큰 도움이 된다. 나만의 레시피로 만든 나만의 해장국이 내 속을 편히 쓰다듬어 준다. 이렇게 정신없이 먹다가 뭔가 부족한 느낌이 들 때, 옆에 놓은 인천식 김치를 한 조각 수저 위에 올리면 또 다른 풍미가 피어오른다. 딱히 뭐라고 불러야 할지 몰라 인천식 김치라고 부르는 이 지역의 김치는 멀건 서울식 김치나 맵고 자극적인 경상도 김치, 그리고 수백만 가지의 풍미가 담긴 전라도식 김치와는 스타일이 또 다르다. 아마도 사용하는 젓갈에서 이런 차이를 내는 것 같은데, 인천 지역의 산물인 밴댕이 젓갈이 이와 같은 독특한 맛을 내는 것이 아닐까 하고 추측만 해본다.

정신을 차려보니 그릇에는 국물만 남아 있다. 공깃밥 하나를 더 주문하고 남은 국물에 투하. 국물을 가득 품은 토렴 된 밥에 비해 비교적 날 것 같은 식감이지만 육수의 향과 풍미가 아직도 남아 먹을 만하다. 추가한 밥 한 공기는 체중계 바늘을 한 칸 더 밀어낼 것이 분명하지만 이 유혹은 도저히 거부할 수가 없다.

인천에서 '해장국'이라는 일반명사는 '송림동해장국집'을 뜻하는 고유명사로 사용된다. 마치 영어에서 'The'라는 정관사가 명사 앞에 붙어 '유일한 존재나 사람'을 나타내듯이 말이다. 이것이 가능한 이유는 58년이라는 시간 동안 한 자리를 꾸준히 지켜온 고집과 좋은 재료로 좋은 음식을 내고자 하는 노력이 가미되었기 때문이다.

해장국 한 그릇을 깨끗하게 비우는 순간, 내 몸은 완벽하게 재생되었다.

인천 신포동

명월집

콩나물무침이며 호박 나물, 계란말이······
평범한 반찬들이 어울려 만드는 풍성한 백반 한 상
돼지고기 김치찌개가 이 상을 지휘한다

주소	인천 중구 신포로23번길 41
전화번호	032-773-7890

3대의 곤로 위에서 하루 종일 뭉근하게 끓여대는 김치찌개는 대한민국 그 어디에서도 만날 수 없는 영혼이 담긴 음식이다. 백반집 최고의 인기 메뉴인 계란말이와 꽁치조림도 그냥 지나칠 수 없다. 소주는 선택이지만 필수.

'명월明月'은 '밝은 달' 또는 음력 8월에 뜨는 보름달을 의미한다. 인천의 끝, 차이나타운 인근 신포동(행정구역상 중앙동)에 자리한 '명월집'은 인천에서 가장 오래된 백반집이다. 1966년에 개업했으니 56년의 세월을 이어온 셈이다.

백반집은 예전에는 '상밥 집''이라고도 불렸다. 손님이 오면 흰쌀밥에 여러 가지 반찬을 한 상씩 차려준 것에서 유래한 명칭이다. 상에 대해 이야기하면 우리 전통 상인 '반'(해주반, 통영반, 나주반 등)에 관한 이해도 필요하니 일단은 패스. 어쨌든 이 집은 '한국인이 사랑하는 오래된 식당 100선'에도 선정되었다니 이미 전국구 규모로 성장한 집이기도 하다.

가게 자체만 놓고 보면 여느 식당과 큰 차이를 느낄 수 없다. 하지만 진정한 고수는 기본과 디테일에서 강한 법. 클래식 마니아들이 베토벤과 모차르트 그리고 차이코프스키 등

위대한 작곡가의 음악을 선호하면서도 바흐나 헨델을 리스트에서 빼놓지 않는 이유는 바흐와 헨델이 클래식 음악의 기본을 확립한 작곡가이기 때문이다.

이 집 음식 또한 기본에 충실하다는 면에서 이와 일맥상통한다. 화려하지는 않지만 손이 많이 가는 음식들, '정성'과 '손맛'으로 만들어 낸 기본기 탄탄한 음식들이 시로 이울려 오케스트라처럼 완벽한 하모니를 만들어낸다. 특별한 한 가지 메뉴(제육볶음이라던가 찌개류 등)를 중심으로 주연과 조연이 나뉘는 것이 아니라, 콩나물무침, 무채 무침, 호박 나물, 고구마 줄기, 계란말이 등 함께 나오는 평범한 반찬들이 그 자체로 하나의 주연이 된다.

그나마 이 집에서 조금 특별한 것이라면 김치찌개다. 화려한 기교나 변주보다는 기본에 충실한, 그래서 조금은 심심하다고 느껴질 수 있는 무던한 상차림에 김치찌개가 오르는데, 이 김치찌개가 최고의 지휘자처럼 밥상을 노련하게 지휘한다.

이 집 김치찌개는 지금은 구하려 해도 구할 수 없는, 1970년대 가정집에서 사용하던 석유곤로 위에서 하루 종일 끓인다. 흔히 볼 수 있는 돼지고기 김치찌개지만 특별히 깊은맛을 가질 수 있는 이유는 모든 식재료를 곤로 위에서 오래도록 뭉근하게 끓이기 때문일 것이다. 아마도 이 김치찌개는 1970~80년대 인천 최고의 번화가였던 이곳을 찾던 수많은 노동자들과 시민들의 허기를 달랬으리라. 때로는 세상 모든 걱정을 밤늦도록 술로 달래던 취객들의 상처 입은 속도 어루만졌을 것이다. 그렇게 이 집은 지금까지 이 자리를 지켜왔다.

식당이 시간을 버티면서 식당을 찾는 손님들의 얼굴에도 시간의 흔적이 더해진다. 정오도 되지 않은 시간부터 이 밋밋한 찬들을 안주 삼아 소주잔을 기울이는 어른들이 하나둘 눈에 보이기 시작한다. 이분들은 어떤 생각을 하고 있을까, 그들의 화려했던 시간을 추억할까, 아니면 결혼시킨 아이들의 미래를 걱정하는 것일까, 그렇지 않으면 거동하는 것조차 쉽지 않은 그들 건강에 대한 걱정을 할까? 여러 가지 상념들이 머릿속에 떠 오르지만 그들이 어떤 생각을 하든 그것이 뭐가 중요할까. 자신의 힘든 하루를 달래주는 밥집이 아직 남아 있고, 오늘도 그 밥집을 찾아 허기를 달래며 소주 한 잔 기울일 수 있는 현재가 있다는 사실이 더 중요하지 않을까.

마지막 남은 꽁치조림을 반으로 쪼개어 놓고 소주 한 잔 마신다. 조금씩 취기가 오르기 시작하며 쪼그라든 위장을 온기가 남아있는 숭늉 한 대접으로 달랜다. 이 백반 한 상에 남은 하루를 버텨내는 것도 그리 어렵게 생각되지 않는다. 큼지막한 계란말이 한 조각과 꽁치조림 한 조각에서 이곳을 함께 지나간 이들의 얼굴을 달처럼 환하게 떠올릴 수 있는 집, 그래서 이 집의 이름이 명월집이다.

초빼이의 노포일기

먹킷리스트

☐ 서울 삼각지 평양집 　 🍴🍴🍴🍴🍴 　 ☐ 서울 등촌동 의성식당 　 🍴🍴🍴🍴🍴

☐ 서울 충무로 통일집 　 🍴🍴🍴🍴🍴 　 ☐ 서울 충무로 사랑방칼국수 　 🍴🍴🍴🍴🍴

☐ 서울 충무로 진고개 　 🍴🍴🍴🍴🍴 　 ☐ 서울 충무로 동경우동 　 🍴🍴🍴🍴🍴

☐ 서울 관수동 한도삼겹살 　 🍴🍴🍴🍴🍴 　 ☐ 서울 충무로 필동면옥 　 🍴🍴🍴🍴🍴

☐ 서울 공덕동 원조마포껍데기집 🍴🍴🍴🍴🍴 　 ☐ 서울 방화동 고성막국수 　 🍴🍴🍴🍴🍴

☐ 서울 용문동 용문갈비 　 🍴🍴🍴🍴🍴 　 ☐ 서울 무교동 이북만두 　 🍴🍴🍴🍴🍴

☐ 서울 을지로 산수갑산 　 🍴🍴🍴🍴🍴 　 ☐ 서울 명륜동 명륜손칼국수 　 🍴🍴🍴🍴🍴

☐ 서울 내자동 할매집 　 🍴🍴🍴🍴🍴 　 ☐ 서울 여의도 진주집 　 🍴🍴🍴🍴🍴

☐ 서울 영등포 대문점 　 🍴🍴🍴🍴🍴 　 ☐ 서울 광화문 평안도 만두집 　 🍴🍴🍴🍴🍴

☐ 서울 약수동 처가집 　 🍴🍴🍴🍴🍴 　 ☐ 서울 경동시장 안동집 손칼국시 🍴🍴🍴🍴🍴

☐ 서울 중림동 호수집 　 🍴🍴🍴🍴🍴 　 ☐ 인천 간석동 부암갈비 　 🍴🍴🍴🍴🍴

☐ 서울 공덕동 원조신촌설렁탕 　 🍴🍴🍴🍴🍴 　 ☐ 인천 구월동 돈불1971 　 🍴🍴🍴🍴🍴

☐ 서울 다동 무교동북어국집 　 🍴🍴🍴🍴🍴 　 ☐ 인천 도원동 이화찹쌀순대 　 🍴🍴🍴🍴🍴

☐ 서울 퇴계로 동원집 　 🍴🍴🍴🍴🍴 　 ☐ 인천 내동 경인면옥 　 🍴🍴🍴🍴🍴

☐ 서울 광화문 안성또순이 　 🍴🍴🍴🍴🍴 　 ☐ 인천 신생동 신성루 　 🍴🍴🍴🍴🍴

☐ 서울 종로3가 갯마을 횟집 　 🍴🍴🍴🍴🍴 　 ☐ 인천 송림동 해장국집 　 🍴🍴🍴🍴🍴

☐ 서울 을지로 을지오뎅 　 🍴🍴🍴🍴🍴 　 ☐ 인천 신포동 명월집 　 🍴🍴🍴🍴🍴

☐ 서울 낙원동 호반 　 🍴🍴🍴🍴🍴

평양집

📋 메뉴 추천

- 1인 방문 시 : 내장곰탕 + 소주(특 내장곰탕은 내장의 양이 더 풍성하다)
- 2인 이상 방문 시 : 차돌박이 + 양(깃머리) + 고기메뉴 + 내장곰탕 + 소주

✏️ 팁

- 가게 앞에 3대, 가게 옆 차고에 2대 정도 가능. 가게 바로 앞 노상 주차장은 오전 11시 정도에 가면 주차 가능.
- 화~일 07:00~22:00 / 월요일 휴무
- 차돌박이, 양, 내장곰탕은 강추. 양밥도 유명하며 사태살도 맛있다. 저녁에는 술자리 위주로 운영되며 내장곰탕은 평일 오후 5시까지. 토·일
- 요일엔 8시까지만 주문 가능하다.
- 평양집에서 1차, '원대구탕'에서 2차 코스 추천.

통일집

📑 **메뉴 추천**

· 2인 이상 방문 시 : 한우 등심 + 된장찌개(술밥) + 소주

✏️ **팁**

· 별도 주차장 없음. 인근 공영, 민영 주차장을 이용.

· 월~금 15:00~21:00 / 토·일요일·공휴일 휴무 / 라스트 오더 20:30

· 암소 등심은 명불허전. 된장찌개도 필수다.

· 을지로에서 충무로로 이전했다. 가격과 메뉴에 변동 있음.

· 통일집에서 1차, 허기를 많이 느낀다면 '산수갑산'이나 '동원집'에서 2차,
  가벼운 코스를 원한다면 '을지오뎅'이나 을지로 골뱅이 골목도 좋다.

진고개

📋 메뉴 추천

· 1인 방문 시 : 정식류 + 소주

· 2인 방문 시 : 정식류 또는 단품 메뉴(갈비찜 추천) + 소주

· 3인 이상 방문 시 : 어복쟁반 + 단품 메뉴 + 소주

✎ 팁

· 가게 앞 노상에 주차 가능하지만 공간 경쟁이 치열하다. 곳곳에 주차단속 카메라가 있고 수시로 주차단속. 인근 민영 주차장을 이용.

· 월~토 11:00~21:30 / 매월 1·3·5번째 일요일 휴무 / 브레이크 타임 15:00~17:00

· 퇴근 시간인 오후 6시경부터는 웨이팅 할 수도.

· 게장 정식, 갈비찜 정식은 강추 메뉴. 어복쟁반도 좋다.

· 인근 '마돈나포차'나 '필동해물', '필동분식'을 2차로 추천한다.

한도삼겹살

📋 메뉴 추천

· 2인 방문 시 : 삼겹살 2인분 이상 + 주류

· 3인 이상 방문 시 : 삼겹살 3인분 이상 + 볶음밥 + 주류

✏ 팁

· 별도 주차장 없음. 좁은 골목길이라 주차 거의 불가능. 인근 민영 주차장을 이용. 종로3가 전철역에서 가깝다.

· 월~토 10:00~22:00 / 일요일 휴무 / 브레이크 타임 15:00~16:00

· 냉동 삼겹살이지만 육질이 좋다. 어지간한 생삼겹살보다 맛있다.

· 봄, 여름, 가을에는 오후 6시 이후에 야장도 가능한데, 자리 경쟁이 치열하다.

· 도보 2분 거리에 가맥집으로 유명한 '서울식품'이 있다.

원조마포껍데기집

📋 메뉴 추천

· 2인 이상 방문 시 : 소금구이 + 생선구이 + 돼지껍데기(필수) + 주류

✒ 팁

· 별도 주차장 없음. 단 가게 주변 이면도로에 차를 주차할 수 있으나 빈자리
  경쟁이 심함. 숙대입구역에서 마을버스를 타면 한겨레 신문사 앞에서 정차.

· 월~토 17:00~23:00 / 일요일 휴무

· 돼지 껍데기는 필수. 생선구이도 의외로 맛있다.

· 다른 고깃집의 상추와 깻잎보다 이 집의 미나리와 무 청이 상당히 매력적
  이다.

· 17:00 오픈이지만 16:00~16:30에 가도 입장 가능.

· 2차로 '원조신촌설렁탕'에서 국밥에 소주 또는 공덕동 족발 골목이나 전
  골목도 좋다.

용문갈비

📋 메뉴 추천

· 2인 이상 방문 시 : 돼지갈비(또는 소갈비) + 후냉면 + 소주

🖊 팁

· 별도 주차 공간 없음. 매장에 문의하면 주차 안내를 해 주신다.

· 매일 11:00~23:00

· 퇴근 시간인 6시 이후에는 웨이팅을 각오해야 한다. 예약도 받는다.

· 후식 냉면과 식혜는 필수. 정말 맛있는 냉면과 식혜니 꼭 드셔 보시길.

· 용문전통시장 내 '창성옥'을 2차 장소로 추천. 인근 '소세지하우스'는 맥주를 마시기 좋다.

산수갑산

📋 메뉴 추천

· 1인 방문 시 : 순대 정식

· 2인 이상 방문 시 : 순대 모둠 + 술국 + 소주

✒ 팁

· 별도 주차장 없음. 인근 공영, 민영 주차장 이용.

· 월~토 11:30~22:00 / 일요일 휴무 / 브레이크 타임 15:00~17:00 / 라스트 오더 점심 14:00, 저녁 21:00

· 사대문 안에서 가장 맛있는 순댓집. 순대 정식과 순대 모둠은 필수.

· 17:00~17:30 정도가 그나마 웨이팅이 없는 편.

· 산수갑산에서 1차 후, 인근 LA갈비 골목이나 인현시장으로 2차를 가도 좋다.

할매집

📋 메뉴 추천

· 2인 방문 시 : 족발 + 소주

· 3인 이상 방문 시 : 족발 + 감자탕 + 소주

✒ 팁

· 별도 주차장 없음. 주변 민영, 공영 주차장 이용. 세종로 주차장이 가장 저렴한 편.

· 화~일 11:50~21:00 / 월요일 휴무 / 브레이크 타임 14:00~17:00

· 할매집은 위치상 찾기 힘든 편. 경복궁역 7번 출구를 나와서 조금 올라가다 보면 편의점이 보인다. 편의점 골목으로 들어가 골목을 따라가면 됨.

· 족발이 메인이다. 반드시 족발을 먹어볼 것.

· 경험상 토요일 오픈 시간이 가장 덜 붐비는 편.

· 초빼이가 가장 좋아하는 코스로는 '할매집 → 서촌계단집 → 밥딜런'까지 이어지는 코스.

대문점

📋 메뉴 추천

· 1인 방문 시 : 오향장육(또는 문정정식) + 소주(또는 이과두주)

· 2명 이상 방문 시 : 오향장육(오향족발) + 만두(물만두와 군만두 강추) + 소주(또는 중국술)

✍ 팁

· 별도 주차장은 없음. 인근 공영 주차장을 이용. 대중교통이 가장 편함.

· 월~토 11:30~22:00 / 일요일 휴무

· 오향장육(족발), 만두류 필수. 문정정식(식사와 오향장육을 함께 내는 메뉴)은 점심시간(12:00~13:00)만 가능.

· 짠슬의 맛을 제대로 음미해 보시길. 짠슬은 오향장육에서 가장 중요한 핵심이다.

· 영등포시장 내 '해송 세꼬시 회센터' 추천. 이곳에서만 마실 수 있는 '한산 소곡주 생주'는 정말 맛있는 술이다.

처가집

📋 메뉴 추천

- 2인 이상 방문 시 : 이북식 찜닭(1~2개) + 찐만두(가능한지 확인해 볼 것) + 막국수(물, 비빔막국수) + 소주

✎ 팁

- 별도 주차장은 없음. 인근 공영주차장도 제법 멀어 대중교통이 편하다.
- 월~토 12:00~21:00 / 일요일 휴무 / 라스트 오더 20:15 / 재료소진 시 영업 마감.
- 찾아가는 길 : 약수역 8번 출구 → 화수분 제과 끼고 우회전(계단 있음) → 족발 순댓국, 홍포차에서 좌회전 → CU편의점 끼고 우회전 → 삼거리에서 좌회전 → 10~15미터 직진 → 파란 메뉴가 적힌 집(별도 간판 없음)
- 찜닭 필수, 막국수도 굉장히 좋다.
- 인근 장충동 족발골목, 금호시장, 신당역 등과 연계해 코스로 즐기기 좋다.

서울 중림동

호수집

📋 메뉴 추천

- 2인 방문 시 : 닭꼬치 2인분(4개) + 닭도리탕 소 + 소주(또는 소맥)
- 3~4인 방문 시 : 닭꼬치 + 닭도리탕(사람 수에 맞춰) + 소주(또는 소맥)

✏️ 팁

- 주차장은 없음. 가장 가까운 곳이 서소문 성지 역사박물관 공영주차장이나 서울역 서부 주차장.
- 월~토 11:30~22:10 / 일요일 휴무 / 브레이크 타임 14:00~17:00 / 라스트오더 21:40
- 닭꼬치는 반드시 주문. 1인당 닭꼬치 2개로 한정 판매하는데 익히는 시간이 오래 걸리므로 닭꼬치를 사람 수에 맞게 먼저 주문.
- 2차로 '포대포'를 추천. 맛있는 연탄불 소금구이와 껍데기가 좋다.

원조신촌설렁탕

📋 메뉴 추천

· 1인 ~2인 방문 시 : 내장곰탕(인원수) + 소주

· 3인 이상 방문 시 : 수육 + 내장곰탕 + 소주

✒ 팁

· 별도 주차장 없음. 가게 앞에 임시로 주차는 가능하나 경쟁이 심함. 인근 공영주차장을 이용해야 함, 공덕역 5번 출구에서 도보 7~8분.

· 월~금 08:00~21:00, 토~일 08:00~15:00

· 웨이팅이 자주 걸린다. 식사 시간을 피하면 여유 있게 음식을 즐길 수 있다.

· 원래 오전 6시 반에 오픈이지만 최근 영업 시간의 변동이 있었다.

· 2차는 '원조마포껍데기집' 또는 공덕동 족발골목 코스가 좋다.

무교동북어국집

📋 메뉴 추천

· 북엇국 + '알'(계란 프라이, 사람 수에 따라)

✒️ 팁

· 별도 주차장 없음. 인근 민영 및 공영주차장 이용.

· 월~토 07:00~20:00, 일 07:00~15:00 / 라스트 오더 19:30(일요일 14:30)

· 식사 시간에는 항상 웨이팅해야 한다. 밥, 국 모두 리필 가능하다. 포장 가능.

· 북어국집에서 식사 후 '부민옥'이나 '이북만두'에서의 술자리 추천. 5분 이내에 도보 이동 가능.

동원집

📋 메뉴 추천

· 1인 방문 시 : 머리모둠 + 소주(또는 소맥)

· 2인 방문 시 : 감자국 또는 순대국 + 소주(또는 소맥)

· 3인 이상 방문 시 : 감자국 또는 순대국 + 머리모둠 소 + 소주(또는 소맥) + 추가(라면사리, 볶음밥)

📝 팁

· 별도 주차장 없음. 인근 유료 주차장을 이용. 지하철 을지로3가역이 가장 가깝다.

· 월~토 10:00~22:00 / 일요일 휴무 / 브레이크 타임 15:30~16:30

· 감자국, 머리모둠, 순대섞어 필수. 순댓국과 홍어는 아직 먹어보지 못했다.

· 볶음밥 필수.

· '필동분식'과 '마돈나 포차'가 인근에 있다. '을지오뎅'도 찾아갈 만하다.

안성또순이

📋 메뉴 추천

- 2인 이상 방문 시 : 생태탕(또는 대구탕) + 완자(또는 보쌈) + 소주

🖊 팁

- 전용 주차장 있음
- 월~금 11:00~21:00, 토 11:00~20:00 / 일요일 휴무 / 브레이크 타임 15:00~17:00
- 6시 조금 넘으면 웨이팅 걸리기 쉽다. 사전 예약하는 게 좋음.
- 생태탕, 완자, 보쌈은 필수.
- 세종문화회관 뒤편의 노포들과 세종마을 음식문화거리를 연계하면 좋은 코스가 된다.
- 성곡 미술관 바로 건너편에는 초빼이가 가장 좋아하는 커피집 '커피스트'가 있다.

갯마을횟집

📋 메뉴 추천

· 2인 이상 방문 시 : 생선회(특대·대·중) + 감성돔구이 + 소주

📝 팁

· 인근 공영, 민영 주차장을 이용. 종로 3가 인근에는 민영 주차장이 일부 있음.
· 월~금 16:30~22:00, 토 21:00 / 일요일 휴무 / 성탄절, 새해 첫날 휴무
· '특대'와 '특' 사이즈를 많이 주문한다. 매운탕과 생선구이를 함께 내준다.
· 인근 '한도삼겹살'이나 '대련집', 종로3가 보쌈골목과 연계해 2, 3차 코스를 만들면 좋다.

을지오뎅

📋 메뉴 추천

· 1인 이상 방문 시 : 도루묵구이 + 오뎅 + 소주 또는 히레정종

🖊 팁

· 인근 민영 주차장을 이용.

· 월~금 15:00~24:00, 토~일 14:00~24:00 / 비정기적 휴무.

· 도루묵구이는 필수. 오뎅은 꼬치 수로 계산한다(비겁하게 숨기지 말 것).

· 옆 좌석 분과 저절로 이야기할 수 있는 분위기. 3명 이상이라면 테이블
  이 좋고, 2명 정도면 바 좌석이 좋다.

· 언제나 웨이팅에 걸린다. 가장 덜 붐비는 시간은 토요일 오픈 시간.

· 바로 옆 골뱅이 골목과 연계해 1, 2차 코스를 짜는 것도 좋다.

호반

📋 메뉴 추천

· 2인 방문 시 : 병어찜 + 추가 안주 + 소주
· 3인 이상 방문 시 : 병어찜 + 순대, 서산강굴, 도가니무침, 더덕구이 중 선택 + 소주

✏️ 팁

· 별도 주차장 없음. 인근의 공용주차장 이용.
· 월~토 12:00~22:00 / 일요일 휴무
· 병어찜과 순대, 도가니무침, 더덕구이는 필수.
· 반드시 예약하고 방문할 것.
· '1차 호반 → 2차 영일식당(막회, 백고동구이) → 3차 종로 3가 전집 또는 맥줏집' 추천.

의성식당

📋 메뉴 추천

· 1인 방문 시 : 제육오징어볶음 + 소주
· 2인 이상 방문 시 : 제육오징어볶음 + 된장찌개 + 소주

✎ 팁

· 별도 주차장 없음. 가게 앞 도로변 1대 정도 주차 가능. 단속 심함. 등촌역
  인근 공영주차장 이용.
· 월~금 11:00~18:00 / 토, 일 휴무
· 1인 손님은 점심시간에는 받지 않는다. 13:30분 이후부터 1인 손님 가능.
· 카드 불가, 계좌이체 가능.

서울 충무로

사랑방칼국수

📋 메뉴 추천

· 1인 방문 시 : 백숙 백반 1인분(반 마리) + 소주

· 2인 방문 시 : 백숙 백반 2인분(닭 한 마리) + 소주 + 칼국수

· 3인 이상 방문 시 : 통백숙 1 + 소주 (칼국수 추가는 각자의 역량껏)

✐ 팁

· 별도 주차장 없음. 인근 공영 주차장 이용. 대중교통이 가장 편함.

· 월~토 10:30~21:40 (토요일 21:00, 일요일 16:00 마감) / 매월 첫째 일요일 휴무.

· 점심시간이나 저녁 시간대에는 가급적 피할 것. 오픈런이 가장 안전.

· 백숙 백반과 칼국수는 반드시 먹어볼 것.

· 1차 사랑방 칼국수 → 2차 동원집 → 3차 을지 오뎅 코스면 천국을 거니는 셈.

동경우동

📋 메뉴 추천

· 1인 방문 시 : 모든 메뉴 가능 + 정종

· 2인 이상 방문 시 : 카레라이스나 유부초밥 1개 + 우동메뉴 + 정종

   3인 이상 방문 시 : 사람 수대로 원하는 만큼 주문 + 정종

✏️ 팁

· 별도 주차장 없음. 인근 도로변 공용주차장 있지만 평일에는 주차가 힘들다.

· 월~토 10:30~21:00 / 일요일 휴무

· 개인적으로 오뎅 백반을 추천. 우동 메뉴는 모두 좋다.

· 따뜻한 정종 한 잔 곁들이는 것도 나쁘지 않다.

· 메뉴에는 없으나 '곱배기'라고 하면 양을 조절해 주신다.

· 인현시장, 광장시장, 중부시장 등 근처 시장탐방도 추천. 조금 멀지만 매력
  적인 무국적 술집인 중부시장의 '지하식당'을 추천.

필동면옥

📋 메뉴 추천

· 1인 방문 시 : 물냉면(기본) + 만두 또는 제육(선택 1) + 소주

· 2~3인 방문 시 : 물냉면(기본) + 만두 + 제육 + 소주

✎ 팁

· 전용 주차장이 있으나 좁은 편. 인근 민영 주차장 이용 가능.

· 월~토 11:00~20:30 / 일요일 휴무 / 브레이크 타임 16:00~17:00

· 냉면(물냉), 접시만두, 제육은 반드시 먹어야 함.

· 제육을 찍어 먹는 장이 기가 막히다.

· 필동 투어 코스 추천 : 필동면옥 → 필동해물 → 필동분식 또는 을지오뎅

고성막국수

📋 메뉴 추천

· 1인 방문 시 : 막국수 1 + 편육 + 소주 1

· 2인 이상 방문 시 : 막국수 인원수대로 + 편육 + 소주

✏️ 팁

· 가게 앞 2대 가능. 인근 주택가에 눈치껏 주차해야 한다. 인근 전철역 공
  영 주차장에 주차 후 도보 이동이 가장 편하다.

· 월~토 11:30~20:00 / 일요일 휴무 / 브레이크 타임 15:30~16:40

· 동치미 막국수와 편육은 필수. 사리를 추가하면 진정 한 그릇 양의 사리
  를 준다.

· 비빔 막국수의 고명인 명태 회무침이 별미다. 개별 구입도 가능.

· 매장 오픈 전 11:15~11:30 사이에 미리 가서 웨이팅을 하는 것이 좋다.

이북만두

📋 메뉴 추천

- 1인 방문 시 : 김치말이 국수(밥) + 만두 또는 빈대떡 + 소주
- 2인 방문 시 : 김치말이 국수 + 만둣국 + 만두 또는 빈대떡 + 소주
- 3인 이상 시 : 다양한 메뉴를 기호에 따라

✎ 팁

- 주차장 별도 없음. 가급적 대중교통을 이용할 것. 인근의 공영, 민영 주차장을 이용.
- 월~일 11:00~20:00
- 겨울엔 만둣국과 만두, 여름엔 김치말이 국수나 밥 필수. 굴림만두도 유명하다.
- 가장 한가한 시간은 토요일 오전 시간.
- 노포의 천국. 노포기행, 식도락 기행 무엇이든 가능. 서울시청, 무교동, 덕수궁 쪽의 맛집들과 연계 가능.

서울 명륜동

명륜손칼국수

📋 메뉴 추천

· 1인 방문 시 : 칼국수 또는 설렁탕 + 소주 1(참고로 혼자 방문해 칼국수에 반반을
  놓고 소주를 한 적이 있다)
· 2인 이상 방문 시 : 칼국수 (인원수) + 수육이나 문어 또는 반반 + 소주

✒ 팁

· 가게 앞에 약 3대 정도의 주차 공간이 있으나, 이곳에 주차하는 건 거의 불
  가능. 인근 올림픽 기념관의 공공주차장을 이용하는 것이 가장 편리(도보
  2~3분 거리).
· 월~금 11:30~13:30 / 토, 일, 공휴일 휴무
· 사장님이 연로하시어 언제 사라질지 모른다는 것이 가장 큰 리스크. 최근
  에는 영업시간을 13:30으로 단축했고, 토요일 영업도 중단. 면을 좋아하
  는 사람이라면 반드시 들려야 할 곳.
· 명륜손칼국수의 국수와 수육에 소주 한 잔은 모두가 꿈에 그리는 자리임.
· 성균관대학교 로터리 인근 '원조꼬치오뎅'이 2차로 좋다.

──── 진주집 ────

📋 메뉴 추천

- 1인 방문 시 : 닭칼국수(또는 콩국수 + α)
- 2인 이상 방문 시 : 닭칼국수 또는 콩국수 + 만두

✎ 팁

- 별도 주차장이 있음. 내비게이션으로 '진주집'이나 '여의도 백화점'을 검색. 여의도 백화점 주차 가능(주차할인권 1,000원). 지하철 5호선 여의도역 5번 출구에서 도보 5분 이내.
- 월~토 10:00~20:00(토요일만 19:00) / 일요일 휴무 / 라스트 오더 19:50
- 냉콩국수와 닭칼국수는 필수. 한겨울에도 콩국수를 주문하는 이들이 많다.
- 토요일 오전이 웨이팅을 하지 않는 가장 안전한 시간.

평안도만두집

📋 메뉴 추천

· 1인 방문 시 : 만둣국 + 빈대떡 또는 제육 + 소주

· 2~3인 방문 시 : 만두전골 2인분 + 제육 + 빈대떡 + 소주

· 4인 이상 방문 시 : 만두전골 3~4인분 + 빈대떡, 제육, 접시만두 등 + 소주

✒ 팁

· 대우프라자(세종로 대우아파트)에 주차 가능.

· 월~토 11:00~21:00 / 일요일 정기 휴무 / 브레이크 타임 15:30~17:00

· 만둣국 필수, 여름엔 김치말이 국수도 좋다

· 대우프라자 지하에 위치하고 있는데 찾기가 조금 힘들다.

· 반찬으로 나오는 사라다는 극강의 반찬.

· 거리상으로 '할매집', '가봉루', '동성각' 등의 노포가 가깝다.

안동집

📋 메뉴 추천

· 1인 방문 시 : 손국시 + 배추전 + 소주

· 2인 방문 시 : 손국시 + 배추전 + 수육 + 소주

· 3인 이상 방문 시 : 손국시 3 + 비빔밥 + 배추전 + 수육

✎ 팁

· 경동시장 지하상가 매장이라 별도의 주차장은 없음. 가장 가까운 주차장은
   경동종합지하상가 신관 주차장.

· 월~일 10:00~20:00 / 매월 2, 4번째 일요일 휴무 / 라스트 오더 19:00

· 손국시, 수육, 배추전, 비빔밥은 필수.

· 청량리의 노포들과 연계한 코스 가능.

· 청량리 시장 내 노포들을 2차 장소로 추천.

인천 간석동

부암갈비

📋 메뉴 추천

· 2인 이상 방문 시 : 돼지 생갈비 + 젓갈 볶음밥 + 소주(소맥)

✒ 팁

· 부암갈비 건너편 류카공업사에 주차 가능. 월~토는 18:00~23:00, 일·
  공휴일은 16:00~23:00. 대중교통을 이용하는 것이 편하다. 인천지하철
  1호선 간석오거리역이 가깝다.

· 수~월 11:30~23:00 / 정기휴무 매달 3번째 화요일 / 라스트 오더 22:30

· 평일에도 웨이팅을 해야 한다. 젓갈 볶음밥은 반드시 드셔 보아야 한다.

· 2차는 자리를 조금 이동하여 인천 구월동 일대의 음식문화거리나 만수
  동 일대를 추천한다.

인천 구월동

돈불1971

📋 메뉴 추천

- 2인 방문 시 : 제주 오겹살 2 + 간장 불고기 2 + 고추장 불고기 1 + 소주(소맥)
- 3인 이상 방문 시 : 제주 오겹살 2 + 항정살 + 간장 불고기 2 + 고추장 불고기 2 + 청국장 술밥 + 소주(소맥)

✒ 팁

- 별도 주차장은 없음. 인근 노상주차장이나 인천문화예술회관 공용 주차장이 편리. 골목 주차는 가능하나 자리를 잡기 어렵다.
- 월~일 16:00~22:00 / 라스트 오더 21:30 / 명절 당일만 휴무
- 이 집은 고기를 먹는 순서가 있다. 꼭 지킬 것.
- 제주오겹살, 항정살, 청국장 술밥은 필수. 간장 및 고추장 불고기도 좋다.
- 인근 관교동 음식문화거리에서 2차를 하기 좋다. 근처에 밴댕이 골목이 있다.

인천 도원동

이화찹쌀순대

📋 메뉴 추천

- 1인 방문 시 : 국밥 1 + 소주 (추가 순대나 모둠 소자)
- 2인 이상 방문 시 : 인당 국밥 1 + 모둠(중 또는 대) + 소주

🖊 팁

- 별도 주차장 있음. 점심시간이나 피크타임 때는 전용 주차장도 부족할 수 있다. 지하철 1호선 도원역 1번 출구에서 도보 10분.
- 월~금 11:00~21:00, 토 · 공휴일 09:30~21:00 / 일요일 휴무 / 라스트 오더 20:30
- 순대국과 모둠 순대 필수.
- 토요일 오전 09:30~10:00이 가장 여유 있는 시간.

경인면옥

📋 메뉴 추천

· 1인 방문 시 : 평양냉면 + 소주
· 2인 이상 방문 시 : 평양냉면 + 수육, 경인불고기, 만두 중 택1 + 소주

✎ 팁

· 별도 주차장은 없음. 매장 앞 2대 정도 주차 가능. 인근 공영주차장이 저렴.
· 수~월 11:00~20:30 / 매주 화요일 휴무 / 브레이크 타임 15:00~16:30
  / 라스트 오더 20:00
· 평양냉면 필수. 수육이나 경인불고기도 좋다. 어른들은 경인불고기를 많
  이 찾는다.
· 2층에 별도로 좌석이 있다. 단체석도 가능.
· '경인면옥'에서 1차 후 2차는 신포국제시장과 동인천역 인근의 노포를
  추천.

신성루

📋 메뉴 추천

· 1인 방문 시 : 삼선 고추짬뽕이나 간짜장 + 소주(또는 이과두주)

· 2인 이상 방문 시 : 삼선 고추짬뽕이나 간짜장 + 요리 1 + 소주(또는 이과두주)

· 3인 이상 방문 시 : 요리 1~3개(팔보채, 자춘권, 난자완스 추천) + 소주(또는 이과 두주) + 식사 메뉴

✏️ 팁

· 건물 뒤편 전용 주차장이 있음.

· 월~일 11:00~21:30 / 브레이크 타임 15:00~16:30 / 라스트 오더 21:00 / 공휴일 · 명절 · 대체공휴일 정상 영업. 익일 휴무.

· 식사는 볶음밥, 삼선짬뽕, 요리는 자춘권과 난자완스, 팔보채 등이 좋다.

· 이 집 종업원이 불친절하다고 오해가 많은데, 가끔 중국인 직원이 불러 도 대답을 안 할 때가 있다. 한국어가 서툴러 못하는 것일 가능성이 많다. 카운터 사장님께 이야기하면 친절히 응대해 준다.

· 차이나타운과 동인천역, 신포국제시장이 가깝다. 2차 연계 가능.

인천 송림동

해장국집

📋 메뉴 추천

· 설렁탕 또는 해장국, 예전엔 잔술도 팔았던 것으로 기억하는데 요즘은
  볼 수 없다.

✒ 팁

· 별도의 주차장은 없음. 가게 앞이 일방통행로이나 상황에 따라 최대 2대
  는 주차 가능. 대중 교통이나 인근 공영주차장을 이용.
· 월~일 07:00~20:00 / 라스트 오더 19:30
· 07:00~10:30까지는 해장국, 10:30 이후로는 설렁탕만 가능.
· 평일에도 웨이팅이 있다.

명월집

📋 **메뉴 추천**

· 메뉴가 백반 하나라 들어가서 앉으면 알아서 주신다.

🖊 **팁**

· 매장 앞 도로에 주차를 할 수는 있으나, 주차할 자리를 찾기 여간 힘들지
않다. 근처 민영 또는 공영주차장 이용.

· 월~토 08:00~19:30 / 일요일 휴무

· 곤로 옆편에 큰 그릇이 있는데, 비빔밥을 좋아하는 분들은 찬으로 나온
나물로 비빔밥을 만들어 먹을 수 있다.

· 김치찌개도 원하는 만큼 퍼서 먹을 수 있다. 무한리필이지만 셀프.

· 계란말이만 제외하고 반찬 추가는 가능.

· 이곳에서 식사 후 '중화방'의 고기튀김이나 '다복집'의 스지탕으로 술
한잔 곁들이면 좋다.

초빼이의 노포일기 〔경인편〕
시간과 추억이 쌓인 노포 탐방기

초판 1쇄 발행 2024년 9월 17일

지은이 김종현

펴낸이 최갑수

디자인 아침

펴낸곳 얼론북
출판등록 (2022년 2월 22일) 제2022-000026호
주소 경기도 파주시 경의로 1056
전자우편 alonebook0222@gmail.com
전화 010-8775-0536
팩스 031-8057-6703
인스타그램 @alone_around_creative

ISBN 979-11-94021-16-2(03810)
값 18,800원

• 이 책의 판권은 지은이와 얼론북에 있습니다.
• 이 책 내용의 전부 또는 일부를 재사용하려면 반드시 양측의 서면 동의를 받아야 합니다.
• 잘못된 책은 구입하신 서점에서 교환해 드립니다.
• 얼론북은 여러분의 소중한 원고를 기다립니다.